사신공주의 재혼 2

장미화원의 시계공작

오노가미 메이야
(小野上明夜)

앨리스노블

번역 이진주 **표지** 조은아 **편집** 김은솔 **디지털** 김효준 **마케팅** 김정훈

차례

서장 · · · · · · · · · · · · · 7

[제1장] 천객 습격 · · · · · · · · · · · · · · · 15

[제2장] 소문의 시계 공작 · · · · · · · · · 64

[제3장] 예기치 않은 신혼 생활 · · · · · · · · · 117

[제4장] 무엇과 바꾸어도 · · · · · · · · · · · 167

[제 5장] 사람은 사람, 장미는 장미 · · · · · · · · · · · 213

종장 · · · · · · · · · · · · · · · · · · · 249

작가 후기 · · · · · · · · · · · · · 254

트레이스
카슈반의 소꿉친구
겸 집사

루아크
장난기 가득한, 뒷세계
에서 유명한 소년

알리시아 페이트린
어느 사건을 계기로 <사신
공주>라고 불리게 된, <저
방백>의 칭호를 가진 격식
높은 몰락귀족의 외동딸

등장인물 소개

티르나드 레이덴
명문가 레이덴의 당주

카슈반 라이센
<아즈베르그의 폭군>으로
이름 높은 벼락출세한 귀
족, 국왕에게 특별히 허락
받은 강공작이라는 칭호
를 지녔다

노라 델페스
라이센가에 고용된 하녀

Illustration
키시다 메루

서장

　강한 바람이 수면을 일렁이고 지나갔다.

　거대한 호숫가에 모인 하얀 법의를 걸친 집단도 같은 바람에 옷자락을 펄럭이면서 잠자코 서 있었다.

　실딘 왕국 및 주변 몇 개 국가를 종교적으로 지배하는 '날개의 기도' 교단.

　교단에서 권위가 높은 고위 성직자 무리.

　생전에 베푼 선행에 따라 사후에 날개를 준다.

　날개 크기와 강함에 따라 더 높은 나라인 낙원에 가느냐, 아니면 도중에 힘이 다해 무서운 괴물이 어슬렁거리는 물 밑 나라로 가라앉느냐를 결정한다.

　호숫가에 모인 무리는 그런 가르침을 규범으로 살아가는 인간이었다.

　물 밑 나라를 두려워해 물에 관련된 죽음을 가장 싫어한다. 그런데도 호숫가에 모인 이유는 하나밖에 없었다.

　이곳은 '날개의 기도' 교단 처형장이었다.

　"네 날개는 죄의 무게를 그 정도로만 견딜 수 있는가?"

　높고 낮게 으르렁거리듯이 외치는 바람 소리와도 닮은 여자아이 목소리가 늠름하게 울려 퍼졌다.

강한 바람이 소녀의 어깨까지 오는 옅은 색 머리카락과 눈이 아플 정도로 하얀 장옷 소맷자락을 흔들곤 했다.

　그러나 인형 같은 미모에 잘 어울리는 차가운 무표정까지는 흔들지 못했다.

　소녀는 하얀 법의를 입은 집단에서 몇 걸음 앞으로 나와 물가 가까이에 서 있었다.

　호수 가운데 홀로 떠 있는 작은 섬. 섬에는 소녀와 법의를 입은 집단 쪽으로 툭 튀어나온 부분이 있었다.

　튀어나온 끄트머리에는 남자가 한 명 서 있었다.

　법의 위로 길게 드리워진 검은 머리카락까지 같이 밧줄에 얽혔고 손을 뒤로해서 거칠게 묶인 채였다.

　얼굴은 추위와 닥쳐오는 죽음의 공포 때문에 핏기가 가셔 새파랬다.

　원래부터 이 젊은이는 호리호리하게 키만 컸을 뿐 미덥지 못했다. 하지만 지금은 말랐다기보다 수척했다.

　이름은 유란.

　실딘 변경 아즈베르그의 영주인 카슈반 라이센은 지방백 가문 외동딸인 알리시아 페이트린을 돈으로 사들인다는 폭거를 저질렀다.

　유란은 이러한 카슈반을 배제하러 나섰으나 실패했다.

　게다가 풍부한 결실을 안겨줄 레이덴 지방 영주인 티르나드 레이덴의 후견인의 자리까지 내주고 말았다.

　사신 공주라는 별명을 가진 알리시아가 휘두른 독침에 찔린 유란은 혼수상태에 빠졌지만 죽음만은 면했다.

동행한 병사들 손에 겨우 목숨을 부지한 채 도망쳤다.

하지만 거듭 무능한 행태를 보여 호수에 끌려오는 최후를 맞았다.

"용서해주십시오⋯⋯."

의미 없는 짓임은 알았다.

하지만 유란은 바람 소리에 지지 않도록 필사적으로 목소리를 쥐어짰다.

"제발 다시 한번, 제게 다시 한번만 기회를 주십시오. 긴 시간을 들인 계획의 매듭을 잘못 지은 어리석음은 이 몸에 사무칠 정도로 알고 있습니다. 하지만 아직, 아직 티르 도련님은 저를."

"제3계제 고위에 있는 자여. 네 날개는 죄의 무게를 그만큼밖에 견디지 못하는가?"

유란에게 끝까지 말할 기회도 주지 않고 소녀는 거듭 내뱉었다.

바람을 가르고 날아와 온몸에 뒤집어 쓴 말에 유란은 고개를 떨어뜨리며 이렇게 대답할 수밖에 없었다.

"아뇨⋯⋯ 제 날개는 어떤 죄의 무게도 견디며 더 높은 나라로 날갯짓해 갈 수 있습니다⋯⋯."

"그렇다면 그것을 증명해 보이라."

소녀는 감정이 담기지 않은 목소리로 중얼거렸다.

말하기가 무섭게 유란 등 뒤에 선 힘센 젊은이 두 명이 움직였다.

손에는 크기가 아이 머리만한 돌을 하나씩 들었다.

섬 여기저기에 굴러다니는 돌을 주워온 젊은이들은 밧줄을 이용해 돌을 유란의 발목에 묶었다.

이전에 동여매 놓은 돌까지 합치면 십수 개.

호리호리한 유란의 체중을 가볍게 뛰어넘는 무게를 떨리는 다리에 동여매었다.

"용서해주십시오……."

유란은 새삼스레 날뛰지 않았다.

날뛸 체력도 남아 있지 않았으리라.

결사적으로 탄원해도 소녀는 무시하면서 한층 더 유란을 추궁했다.

점점 유란의 발에 묶이는 돌이 늘어갔다.

최종적으로 묶인 돌은 스무 개 이상이었다.

소녀는 겨우 추궁을 멈추고 결과가 정해진 문답을 반복하는 인형이 되어버린 유란을 바라보았다.

"죽음의 심연에 설 때 인간이 지닌 신앙은 시험에 든다. 과거신이 우리의 신앙을 시험하셨듯이."

엄숙하게 중얼거리는 소녀의 등 뒤에는 하얀 날개가 달렸다.

가냘픈 몸에는 어울리지 않을 정도로 큰 날개는 바람을 받아 불안정하게 흔들렸다.

'날개의 기도'교 근원을 이루는 과거부터 전해져오는 이야기.

언제인지 알 수 없는 까마득한 옛날.

누구 하나 신을 믿지 않는 시대에 오로지 홀로 신앙을 버리지 않았던 소녀 아셀.

박해를 받은 소녀는 바다를 향하는 높은 절벽 위까지 몰렸고 결국 몸을 던졌다.

신은 추락하는 소녀 등에 날개를 달아주어 자신이 사는 낙원, 더 높은 세계로 불러들였다고 한다.

이후 아셀은 성녀로 칭송받았다.

사람들이 아셀을 상상할 때에는 언제나 등에 하얗고 커다란 날개가 달린 모습이었다.

지배자로서 이 자리에 군림하는 소녀도 등에도 하얗고 커다란 날개를 달았다.

다만 잘 관찰하면 정성스럽게 모아놓은 깃털 뿌리 부분에 목제 뼈대가 들여다보였다.

또 깃털 자체는 파삭파삭하게 말라 새에게서 뽑은 지 시간이 꽤 지난 상태임이 명명백백하게 보였다.

하지만 누구도 지적하지 않았다.

가짜 날개를 가진 소녀가 하는 말과 행동은 강인하게 그 자리를 계속 움직였다.

"자. 증명해 보아라. 강한 신앙을. 죽음의 순간에 신께서 하사하시는 날개의 강함을."

소녀가 하는 말에 응해 유란 배후에 선 젊은이들이 행동하기 시작했다.

한순간 비명을 지를 뻔했던 유란의 야윈 등을, 젊은이들이 강하게 정면을 향해 밀었다.

물이 튀어 오르고 바람에 일렁거리던 수면에 불길한 원이 그려졌다.

원을 흐트러뜨리면서 호수에 떠밀린 유란은 열심히 가라앉지 않으려 했다.

아이러니하게도 유란의 다리를 겨우 호숫가에 매어두던 돌을 처형을 맡은 젊은이들이 집어 호수에 던지기 시작했다.

몇 개는 버둥거리는 유란이 맞았다.

수면에 붉은색이 떠올랐다가 바로 바람이 만든 파도에 쓸려 사라졌다.

소녀를 비롯한 성직자들이 말없이 지켜보았다.

짧은 시간이 지나자 바람만이 수면을 흔들었다.

"저자의 날개는 저렇게 취약했다. 나를 배알하기에 걸맞은 자가 아니었다."

자리를 매듭짓는 한마디가 소녀의 입에서 새어 나왔다.

등 뒤 성직자들이 희미하게 안도한 표정을 지은 그 순간.

또다시 울린 물소리에 자리가 얼어붙었다.

소녀의 발밑. 호숫가 흙을 젖은 손가락이 강하게 움켜쥐었다.

관절이 하얗게 될 만큼 강한 힘을 담은 손가락이 시간은 걸렸지만 조금씩 상반신을 끌어 올렸다.

이윽고 젖은 긴 머리카락이 들러붙은 창백한 얼굴이 나타났다.

말없이 선 소녀는 피가 밴 하얀 법의를 걸친 상반신이 수면을 빠져나오는 광경을 보았다.

"아셸, 님."

몸을 묶은 밧줄은 물속에서 버둥거리는 사이 자연스럽게 풀렸으리라.

그러나 호수에 떠밀릴 때 유란 다리에 연결했던 돌이 계속 매달려 짐이 되었다

다시 호수 밑바닥으로 가라앉을 것 같으면서도 유란은 소녀에게 주어진 이름을 부르며 손을 뻗었다.

정맥이 눈에 띄는 창백한 손등에는 독침에 찔린 흔적이, 녹색으로 변색하여 둥그런 자국이 남아 있었다.

"아셸 님. 부디…… 부디 제게, 다시 한번, 기회를……."

"무례하다! 그런 모습으로."

얼굴빛을 바꾸며 그렇게 외친 성직자 중 한 사람을 소녀는 손으로 제지했다.

"됐다. 물러나라."

숨도 간당간당한 상태의 유란을 소녀는 변함없이 무표정한 얼굴로 차갑게 내려다보았다.

"네 신앙에는 아직 살펴볼 여지가 있는 것 같구나. 좋아. 누가 이자가 휴양을 취할 수 있게 해주거라."

절대적인 명령이— 이 소녀가 소녀라고 불릴 수 없는 나이가 될 때까지 성직자에게는 절대적일 명령이 다시 자리를 움직이기 시작했다.

생각지도 못한 전개에 등 뒤 성직자들이 당황했다.

그 사이 재빨리 발길을 돌리면서 하얀 날개를 가진 소녀가 유란에게 말했다.

"네게 다시 한번 기회를 주지. 아즈베르그의 영주, 신앙을 갖지 않은 그 남자를 이번에야말로 처리해라. 날개를 줄 필요는 없어. 그 남자에게는 물 밑 왕국이 어울린다."

"분부에…… 따르겠습니다."

"소문의 사신 공주는 일단 검토하겠다. 지방백의 피를 이은, 내게 가까운 위치니까. 그러나 페이트린 혈족은 아직 남았다. 최악의 경우 남편과 같이 처리해도 상관없다."

"알았습니다……. 전부 분부하신, 대로…… 따르겠습니다."

미소로 대답한 유란은 체력과 기력이 완전히 한계에 다다른 모양이었다.

좌우에서 뻗어 나온 팔이 수면에서 끌어 올리자 유란은 덜컥 머리를 앞으로 떨어뜨리며 의식을 잃었다.

[제1장] **천객 습격**

실딘 왕국 북쪽 변경, 아즈베르그 지방.

척박하지만 광대한 토지는 기복이 심했다.

그렇기에 난립하는 산이나 계곡 틈에서 열심히 살아가는 사람들 마음에는 아직 신을 향한 강한 신앙이 깃들어 있었다.

그런데도 불구하고 이 땅을 다스리는 영주는 신을 믿지 않기로 유명한 남자였다.

영주가 사는 곳은 검은 숲 깊숙한 안쪽.

'날개의 기도'를 바보 취급하는 듯한 날개를 가진 괴물 상이 널린 기분 나쁜 건물이었다.

그 지방 사람들도 '하르바스트 장미 저택'이라고도 불리는 저택을 두려워하며 좀처럼 가까이 가지 않았다.

위압감이 감도는 외관인데다 저택 뒤편에 조성한 장미 정원에는 처참한 이야기가 얽혔기 때문이다. 지금까지도 사람들 마음속 깊이 각인되었다.

그러나 수많은 소문과는 반대로 흑과 적으로 구성한 저택 1층 응접실에서는 오늘도 느긋하고 시답지 않은 대화가 오갔다.

"토란이라면 이 땅에도 뿌리를 내릴 거예요 노라. 마침 봄도 가까워졌고 씨감자를 뿌리기 좋은 시기예요."

시답지 못한 대화의 중심에는 한 소녀가 있었다.

황갈색 머리카락을 가진 소녀는 얼마 전에 영주 카슈반 라이센의 아내가 된 알리시아였다.

알리시아는 안경을 쓴 커다란 파란 눈동자를 반짝거리면서 빨간 머리 하녀를 상대로 열변을 토했다.

덤으로 하녀는 이미 싫증 났다는 표정이다.

"확실히요. '비료불요초'는 익숙하지 않은 사람이 먹기 힘든가 봐요. 하지만 손질할 필요도 거의 없고요. 밖에 잔뜩 피어 있으니까 그냥 따오면 되거든요."

수 세기 전에 유행한 스타일인 데다 오래 입어 여기저기 색이 바랜 드레스를 입은 소녀.

작고 야윈 몸에 안경을 썼다.

널리 퍼진 소문처럼 특별히 아름답진 않았다.

물론 뿔도 없고 눈은 세 개가 아니다. 산처럼 크지 않다.

이렇게 작은 알리시아가 뭇 사람들이 전남편, 브라이언 바스틀 백작을 살해했다고 두려워하는 사신 공주라니. 대체 누가 믿을까.

그 이전에 가문의 이름과 같은 지역명을 가진 지방을 오래도록 통치했던 지방백 출신이다. 실딘 국내에서 이름난 명문가 영애라고는 아직도 믿기 힘들었다.

그렇게 생각하면서 노라라고 불린 화려한 미모를 지닌 하녀는 진절머리를 냈다.

"……그걸 익숙해질 정도로 먹는 빈곤하고 게걸스러운 별종은 마님뿐입니다. 일반 사람은 겨우 한번 먹고 죽을 뻔한 시점에서 넌더리를 낸다고요."

'비료불요초'는 아즈베르그 지방이나 알리시아가 태어나고 자란 페이트린 지방에 자생하는 맹독을 품은 식물이다.

식욕을 돋우는 냄새가 나서 부주의하게 입에 집어넣는 사람도 끊이지 않는다.

인간도 짐승도 자식에게 절대로 먹어서는 안 된다고 가르치는 위험한 식물이었다.

도저히 하녀라고 생각할 수 없는 태도로 듣기 거북한 말을 서슴없이 내뱉은 노라는 아직 애 같은 마님과 비교해 훨씬 풍만한 가슴을 강조하듯이 팔짱을 끼었다.

"게다가 몇 번이나 말씀드렸잖아요. 마님이 재배하지 않아도 식재료는 충분히 있어요. 매일 요리를 하니 잘 아시잖아요."

명문가라지만 이름뿐이었고 빈곤한 생활을 해왔던 알리시아는 본가 정원 구석에 밭을 만들어 채소와 과일을 키웠다.

시집왔다기보다 후견인에게 팔려 라이센가에 들어온 사실 자체가 가난이 초래한 일이었다.

그러나 알리시아는 노라가 타이르는 말에 고개를 저었다.

"아니에요, 노라. 앞으로 무슨 일이 일어날지 모르는 걸요. 절약할 수 있다면 절약해야죠. 게다가 정말 편한 생활을 해서 시간은 잔뜩 있으니까요."

부모님이 돌아가신 후 청소와 세탁 및 가사 전반을 알리시아 혼자 다 해치웠다.

라이센 저택은 여러 가지 사정 때문에 넓이에 걸맞을 만큼 고용인이 많지 않았다.

하지만 근면 성실한 고용인은 기본 가사는 거의 다 해냈다.

매번 제 식사를 스스로 만들어도 알리시아에게는 시간이 상당히 남는다.

"뭐, 절약이 나쁜 일도 아니고 토란이라면 분명히 척박한 땅에서도 어떻게든 자라겠죠……. 실제로 키우는 사람이 있으니까요. 하지만 마님. 그래도 비료불요초를 주방에 갖고 들어오지 마세요. 마님 말고 다른 사람이 잘못해서 먹으면 어떡하실 거냐고요."

"음식 타박하면 안 돼요. 익숙해지면 꽤 맛있다고요. 맞다, 노라. 다음번에 아직 익숙지 않은 사람을 위한 양만큼만 요리를 만들어줄게요. 괜찮아요. 조금씩 먹다가 혀끝이 저리면 그만 먹으면 돼요."

"……마님. 혹시 엄청 당당하게 저를 독살하려는 게 아닌가요……?"

노라는 알리시아가 시집온 첫날부터 자신이 카슈반의 애인이라고 선언했다.

선언이 전혀 효과가 보이지 않아 수단과 방법을 바꿔가며 알리시아를 들볶았다는 자각이 있었다.

역시 순수해 보이는 행동은 다 거짓이 아닐까.

사실은 나를 원망하는 게 아닐까.

그렇게 생각하며 노라는 살짝 방어 자세를 취했다.

알리시아는 노라의 태도를 조금도 알아차리는 기색 없이 다른 일로 화제를 옮겼다.

"맞다. 기왕 만드는데 노라뿐만 아니라 다들 먹을 수 있을 만큼 만들까. 단이나 로세나 세일러나, 트레이스나. 아 물론 카슈반 님 몫도."

고용인과 제 남편의 이름을 입에 올리며 알리시아는 천진난만하게 노라에게 물었다.

"노라. 오늘은 카슈반 님이 언제 돌아오실지 아나요? 또 밤중에나 돌아오시려나? 야식을 준비해두면 기뻐하실까요?"

"……마님, 저택에 있는 인간을 몰살할 생각이십니까……? 지쳐서 돌아오실 주인님께 그런 짓은 좀……."

아무래도 카슈반이 불쌍한 모양이었다.

노라가 알리시아의 폭주를 막으려고 하는데 경쾌하게 웃는 목소리가 겹쳤다.

"아하하하. 좋은데. 이번에야말로 카슈반 형님을 대신해서 알리시아를 부인으로 삼아줄게."

"꺄아아악?!"

옆에서 갑자기 들려온 목소리에 노라는 문자 그대로 펄쩍 뛰어올랐다.

"어머나 루아크. 루아크도 연습하고 싶어요?"

"아아. 난 괜찮아. 연습하지 않아도 먹을 수 있을 거야. 직접 먹은 적은 없지만 독이 몸에 익숙하게 해놨으니까. 놀라게 해서 미안. 노라."

"그렇게 갑자기 나타나지 말라고 말했는데."

그렇게 짱알거리는 노라를 곁눈으로 바라보며 루아크는 방긋 웃었다.

알리시아나 노라보다 키는 조금 크지만 전체적으로는 체구가 작고 여린 소년이었다.

다만 소매가 없는 검은 상의 밖으로 훤히 드러난 팔에는 탄력 있는 근육이 붙어 매우 민첩해 보였다.

"그래요? 왜요?"

"내가 사용하는 독이니까. 당하면 기껏 사람들이 붙여준 사신 이라는 이름이 운다고."

커다란 녹색 눈동자를 가늘게 뜨며 생긋 웃는 루아크의 손에 는 어느새 침 형태인 무기가 출현한 상태였다.

침 끝이 질척하고 불길하게 빛나는 이유는 비료불요초에서 정 제한 독을 발라놨기 때문이다.

보기 드문 무기를 자유자재로 다루는 루아크는 어둠의 세계에 서 유명한 암살자였다.

혼례식장에서 알리시아의 전남편인 브라이언을 죽여서 알리 시아가 사신 공주라고 불리게 되는 원인을 제공했다.

알리시아도 알리시아였다.

브라이언은 혼례식 직전에나 얼굴을 마주한 사이라서 죽어도 실감이 나지 않는 듯했다.

알리시아는 변함없는 웃는 얼굴로 루아크에게 말했다.

"그러네요. 잘못해서 루아크가 바늘에 찔리면 큰일인걸."

"그치. 그렇게 죽으면 기뻐할 인간들도 꽤 있겠지만……. 오 옷, 기뻐할 사람이 또 왔네."

역시 유명한 암살자다웠다.

침을 다시 숨긴 루아크의 뛰어난 감은 일반인을 크게 뛰어넘었다.

보지도 않고 방문자를 맞추는데 예상이 빗나간 적은 없었다.

"또 왔다면…… 어머나. 또 왔나요 그 도련님."

루아크의 발언에 노라가 얼굴을 찡그렸다.

지금 오고 있는 상대가 누구인지 짐작이 가는 모양이었다.

이윽고 가장 둔한 알리시아도 알 수 있을 정도로 발굽이 땅을 차는 소리가 가까이 다가왔다.

그 소리는 성큼성큼 걷는 발소리로 바뀌고 조금 뒤 저택 정문 이 활짝 열렸다.

"어이 라이센. 있나!"

문이 열리기 무섭게 저택 주인 이름을 부른 사람은 대단한 사 람인 척하는 언동이 어울리지 않는 젊은이였다.

약간 예쁘장하게 생긴 얼굴을 가진 젊은이, 티르나드 레이덴 이다.

녹음이 풍부한 동쪽 땅인 레이덴 지방에서 자란 티르나드는 아즈베르그 지방이 꽤 추운 모양이었다.

깃이 높은 고급스러운 의상을 답답해 보일 정도로 착실히 껴 입었다.

대신에 옷이 빈약한 체구를 한층 더 강조해 보였다.

입구에 선 채 내부를 둘러본 갈색 머리 젊은이는 거침없이 안으로 들어섰다.

조금 늦게 따라 들어온 종자들은 곤혹스러운 얼굴을 했다. 하지만 티르나드는 개의치 않고 주변을 두리번거리며 홀을 나아갔다.

방자하기 짝이 없는 행동이지만 라이센의 우수한 경비병들은 질려 하면서도 제지하지는 않았다.

카슈반 라이센이 미성년자인 티르나드 레이덴 백작의 후견인이기 때문이었다.

10년 전 농민의 반란으로 몰살한 레이덴가 생존자인 티르나드는 평소에는 가는 데에 열흘 정도 걸리는 레이덴 지방에 산다.

그러나 요즘 무척 빈번하게 후견인을 만나러 왔다.

"어머 레이덴 백작님. 어서 오세요."

"카슈반 형님이라면 외출 중인데. 또 밤늦게나 돌아올 거고."

알리시아는 그렇다 치고 자기 멋대로 카슈반을 '형님'이라 부르는 루아크도 말을 거는 바람에 티르나드는 성대하게 얼굴을 실룩거렸다.

"아, 알리시아 님, 좋아 보여서 다행입니다……. 시끄럽다 루아크. 무람없이 말 걸지 마라!"

아주 짧은 시간이지만 루아크의 고용주가 티르나드였던 적도 있다.

하지만 티르나드는 전혀 개의치 않고 태연한 얼굴로 자신을 놀리는 루아크가 거북한 모양이었다.

"아 차가워라~ 기껏 가르쳐줬건만. 맞다. 티르 도련님. 도련님도 비료불요초 좀 먹어볼래?"

그때까지 펼쳤던 이야기 전개를 알 리 만무한 티르나드는 맹독을 권하는 말을 듣고 흠칫 놀라는 얼굴을 했다

"뭐, 뭐냐 루아크. 이제는 날 대낮에 당당하게 독살할 생각이냐?!"

"……저와 같은 말씀을 하시네요. 무리도 아니지만요."

자신과 티르나드가 똑같은 생각을 했다는 사실이 마음에 들지 않는지 노라가 한숨 섞인 목소리를 흘렸다.

옆에서 알리시아는 한 박자 늦게 루아크의 제안에 동조했다.

"그러네요. 루아크 말처럼 레이덴 백작님은 먹어두시는 편이 좋아요. 지위도 있으시니 언제 독살될지 알 수 없는걸요. 괜찮답니다. 혀끝이 저려오면 그만 먹으면 돼요. 자칫 잘못해서 손가락이 움직이지 않는다면 좀 아깝지만 물을 잔뜩 마셔서 토하면 돼요."

"……아, 알리시아 님까지 저를 독살하려고…… 제가 그렇게 방해가……."

엄청나게 상처 입은 표정을 짓는 티르나드를 노라는 차가운 눈으로 바라보았다.

"분명히 레이덴 백작님은 조금 더 단련하셔야죠. 레이덴 영주이신 백작님이 자신의 영지는 내팽개치고 이곳에 빈번하게 오시다니. 칭찬할 만한 일이 아니랍니다. 어차피 대단한 용건도 아니잖아요?"

"대, 대단한 용건인지 아닌지 너랑 상관없잖나?! 라이센은 레이덴 영주나 마찬가지고. 나도 레이덴 가문 당주로서 여러 가지 중요한 이야기를 해야 한다고!"

티르나드의 후견인인 카슈반은 의사 결정을 대행할 수 있는 권한을 가졌다.

그러나 감정적인 대답에 노라는 상대를 바보 취급하듯이 어깨를 으쓱해 보였다.

"예예. 그러시군요. 여전히 후견인이 없으면 아무것도 못 하시는 도련님이군요."

이전 후견인과 얽혔던 일의 전말을 암시하는 발언에 티르나드는 아픔을 느끼는 표정을 지으면서 입을 다물었다.

노라는 성가신 도련님에게 하고 싶은 말이 무척 많이 쌓였던 모양이었다.

티르나드를 한층 더 추궁하기 위해 립스틱이 아름답게 발라진 입술을 열려고 했다.

하지만 그보다 빨리 현관 쪽을 돌아본 루아크가 중얼거렸다.

"어이쿠. 이런 말이나 하는 사이 가장 비료불요초에 익숙해져야 할 사람이 돌아왔네."

티르나드가 왔을 때와 똑같이 말 울음소리와 발굽소리가 가까이 다가왔다.

루아크 이외의 인간은 뭐가 다른지 잘 알지 못하는 소리는 일단 저택의 옆을 향해 나아갔다. 아마도 저택 옆 마구간에 말을 돌려놓으러 갔으리라.

이윽고 정면 현관이 열리고 키가 크고 체격이 좋은 남자가 하릴없이 자리에 모인 티르나드의 종자들을 밀어젖히며 안으로 들어왔다.

"뭐냐, 또 레이덴 도련님이 왔나."

군복풍 의상으로 몸을 감싼 시커먼 남자가 사람들이 모인 곳으로 가까이 다가왔다.

알리시아의 두 번째 남편이며 '아즈베르그의 폭군'이라고 불리는 '강'공작 카슈반 라이센이었다.

언뜻 보기에는 30대로도 보이는 중후한 분위기를 띠었지만 사실 열 살은 더 젊었다.

또 동작도 빠릿빠릿해서 군더더기가 없었다.

검은 머리카락에 검은색 일색인 복장으로 몸을 둘러싸고 유일하게 안감이 심홍색인 망토 자락을 펄럭이지 않게 가볍게 가다듬고 걷는 모습이 그야말로 당당했다.

"요전에는 언제 왔었지? 여기서 늘 얼굴을 보는군 레이덴 백작. 한가해 보여 다행이지만, 바쁜 내 앞에서 너무 티를 내지 말아주겠나?"

카슈반은 검은 눈동자로 날카롭게 피후견인을 바라보고는 질렸다는 얼굴을 하면서 알리시아 앞에 멈췄다.

환영한다고는 말하기 어려운 분위기를 감지했기 때문이리라.

티르나드는 아무 말도 하지 않았다.

"어서 오세요, 카슈반 님. 오늘은 꽤 빨리 돌아오셨네요."

분위기를 완전히 무시하며 알리시아는 자신보다 머리 하나는 더 큰 남편을 올려다보며 미소 지었다.

알리시아에게 카슈반도 희미하게 미소를 지었다.

영지를 돌아보는 것을 빠뜨리지 않는 카슈반은 대개 해가 완전히 저문 무렵에나 귀가한다.

그러나 지금은 점심때를 막 지난 무렵이었다. 알리시아는 여느 때처럼 주방에서 식사를 막 마친 참이었다.

"아아. 사실 기다리던 손님이 슬슬 오늘쯤 올 것 같아서."

"나 말인가?!"

갑자기 얼굴을 활짝 핀 티르나드에게 카슈반은 다시 질렸다는 얼굴을 했다.

"네 용건이라면 요전에 보냈던 서신으로도 충분히 답이 되었을 텐데. 밀에 붙는 세율 정도는 알아서 정해라 바보 녀석아. 아즈베르그 지방과 레이덴 지방은 면적당 거둬들일 수 있는 양이 완전히 다르니까. 나보다 네 감각으로 정하는 편이 더 좋겠지."

카슈반은 티르나드와 처음 만났을 때는 형식적이나마 예의를 지켰다.

그러나 후견인을 맡은 뒤에는 언제까지고 어리광쟁이 기질이 빠지지 않는 티르나드에게 가차 없는 태도를 보였다.

또다시 풀이 죽은 티르나드를 힐끗 쳐다보고 카슈반은 트레이스를 돌아보며 눈짓을 했다.

금발을 한 청년인 트레이스는 카슈반 옆에 언제나 대기하는 소꿉친구 겸 집사다.

"그나저나 알리시아. 줄 물건이 있다."

알리시아도 트레이스 쪽을 바라보자 손에 본 적이 없는 작은 주머니를 들고 있었다.

그러나 카슈반이 주머니를 받아 들려고 해도 트레이스는 주머니를 꽉 쥔 채 손을 풀지 않았다.

굳은 표정을 무너뜨리지 않는 트레이스에게 카슈반은 가벼운 어조로 말했다.

"뭐냐 트레이스. 아직도 화났냐? 이제 기분 좀 풀라고."

어딘가 놀리는 듯한 목소리에 트레이스는 눈꼬리를 힘차게 치켜세웠다.

"……화났다기보다는 질렸습니다. 알고 계십니까, 카슈반님. 당신은 자작 지위를 가진 분 저택에 불을 지르셨다고요?!"

"불?!"

그 단어에 크게 반응한 사람은 티르나드였다.

10년 전 레이덴에서 일어난 반란으로 저택이 불탔고 가족들이 몰살했다.

티르나드는 지금도 불을 매우 무서워했다.

그러나 두려움을 숨기지 못하는 피후견인이나 서슬이 시퍼런 집사를 보고서도 카슈반은 폭군이라는 이름에 어울리는 오만하고 태연한 어조로 대꾸했다.

"내게 넘길 바에야 태워버리겠다면서 그쪽에서 자기 손으로 불을 붙이려 했잖아. 그쪽은 가족들도 사는 본관 쪽에 불을 났고, 나는 본관에서 멀리 떨어진 헛간을 태웠을 뿐이다. 덧붙여서 금방 껐잖아."

"아, 아무리 오랫동안 농민에게 착실히 세금을 걷으면서 영주에게는 세금을 체납했더라도! 갑자기 저택을 받아가겠다, 그러니 다 나가라고 하면 다들 그런 태도를 보입니다! 정말이지 당신이라는 분은! 저는 카슈반 님을 그런 식으로 키운 기억이 없습니다!"

"……진정하라고, 트레이스. 연장자처럼 굴어도 나랑 두 살밖에 차이가 안 나잖아."

유모같이 푸념을 늘어놓는 트레이스에게 카슈반은 일단 한마디 따지고 들었다.

하지만 트레이스는 설교를 멈추지 않았다.

주인의 오른팔로서 함께 영지를 돌아보는 트레이스는 근본이 성실하고 신심 깊은 성격이었다.

그러므로 카슈반이 저지른 소행에 관해 할 말이 잔뜩 있는 모양이었다.

　"어쨌든, 남의 저택에 불을 붙이면 안 됩니다! 물대포 공격은 당치도 않습니다!! 돈이 될 법한 물건을 멋대로 갖고 나가면 안 됩니다! 농담으로라도 부인이나 딸을 팔라고 말씀하셔도 안 됩니다! 그리고 또……!!"

　"알았다. 알았다고. 잘못했다. 내가 잘못했으니까 어쨌든 주머니를 넘기라고."

　쓴웃음을 지으며 트레이스의 손에서 주머니를 집어 올린 카슈반과 알리시아가 눈을 마주쳤다.

　그러기가 무섭게 카슈반은 약간 거북한 얼굴을 했다.

　아무래도 아내 앞에서 남이 자신의 소행을 언급하자 다소 거북함을 느낀 모양이었다.

　알리시아는 남편을 순수한 시선으로 바라보며 말했다.

　"카슈반 님은 세금을 징수하실 때 여러 가지 일을 하시는군요. 카슈반 님이 하셔야 할 일이니 어쩔 수 없지만, 너무 사람에게 원망을 사는 행동을 하시면 정말 독살당할 거예요."

　"……항상 불을 붙이고 다니진 않아. 세금을 징수하려고 사자도 보내고 기한을 정해 기다리기도 한다고. 그런데도 나를 얕보고 말을 듣지 않는 일부 바보 귀족에게만 그러는 거다."

　카슈반은 조금 전까지 다들 말하던 '비료불요초' 이야기는 듣지 못했다.

　그래도 알리시아가 말하고 싶은 바는 충분히 전달된 모양이었다.

변명하듯이 말한 카슈반은 손에 든 주머니에서 어떤 물건을 꺼내 들었다.

"어머, 예뻐라."

알리시아는 저도 모르게 중얼거렸다. 눈에 가지각색 광채가 비쳤다.

카슈반의 커다란 손에 4분의 1정도 크기인 둥근 돌이 놓였다.

기반은 검은색이었다. 거기에 잡다한 광물이 무수히 뒤섞여서 각자 자기 색을 주장했다.

마치 광물 표본 같은 그 돌은 보석이 아니었다.

하지만 보기 드물게 아름다운 물건임이 틀림없었다.

호기심이 왕성한 알리시아는 눈앞에 내민 돌을 마치 홀린 듯이 계속 바라보았다.

"수호석이라고 한다. 아즈베르그 지방에는 광산이라고 할 만큼 훌륭한 광맥은 없지만 때때로 광물을 포함한 돌을 발견할 수 있지."

변함없이 눈앞의 흥밋거리에 사로잡히는 아내의 반응에 기분이 좋아졌는지 카슈반은 약간 기쁜 얼굴로 설명을 늘어놓았다.

"상대에게 걸맞다고 생각한 돌을 주면 돌이 그 사람을 지켜준다. 아즈베르그에 오래전부터 전해지는 전승이지."

카슈반은 신을, '날개의 기도'를 믿지 않는다고 거리낌 없이

공언하는 남자다.

　왕족이나 귀족이 가진 권력을 유지해주는 주춧돌인 가르침은 싫어하지만 수호석이라는 소박한 전승까지 매도하는 남자는 아니었다.

　"이 돌은……. 여러 가지 광석이 엉망진창으로 뒤섞였는데 매우 반짝거리는 점이 너와 닮았다고 생각했다. 그래서 주워 왔지. 받아주겠나?"

　"물론이에요."

　알리시아는 선물 받은 돌에 지지 않을 정도로 눈을 반짝거리면서 남편을 올려다보았다.

　"정말 예뻐요. 고맙습니다. 카슈반 님."

　단순한 감사의 말에 카슈반도 입가에 살짝 미소를 띠고 수호석을 손에 들었다.

　아내의 작은 손에 건네주면서 덧붙였다.

　"첫 선물이 비싼 드레스도 보석도 아니어서 미안하군."

　"아뇨. 공짜로 받는 물건은 무엇이든지 기쁘답니다. 게다가 카슈반 님이 저를 위해 골라주셨으니까요."

　알리시아는 미묘하게 돌려 말했지만 아내가 이런 식으로 응수하는 데에 카슈반은 익숙했다.

　무엇보다 알리시아는 진심으로 기뻐했다.

　카슈반은 양손으로 소중하게 수호석을 받아 드는 아내의 머리에 검술 훈련으로 생긴 굳은살이 두드러지는 투박한 손을 얹었다.

"원망을 듣는 것도 일의 일부다. 원망할 정도로 엉덩이를 두들기지 않으면 아즈베르그 귀족들은 내 명령을 따르지 않아."

카슈반은 '아즈베르그의 폭군'으로 악명이 높다.

하지만 전 영주가 내버려 두는 데에 익숙해져 내키는 대로 지내던 귀족들이 쏟아내는 험담이 대부분이었다.

농민에게는 뜻밖에 호응을 얻는 영주였지만 소문은 좀처럼 막을 수 없었다.

사신 공주 이야기처럼 한번 퍼져 나가기 시작한 소문은 본인의 힘으로는 걷잡을 수가 없다.

"어머, 그런가요. 분명히 세금을 징수하면 싫겠지만 카슈반 님이 영주가 되시면서 치안도 훨씬 좋아졌다고 들었는데 말이죠."

"젊은 녀석들은 자경단을 만들어 일을 도와주기도 하는데 말이지. 아무래도 나는 노인네라든지 오래된 귀족이라든지 머리가 굳은 녀석들에게는 인기가 없는 모양이다."

자신의 일을 완전히 남의 일처럼 이야기하는 주인의 어조를 듣고 트레이스가 작게 헛기침을 했다.

"……카슈반 님, 당신의 이름을 대의명분으로 삼아서 어리석은 짓을 하는 자경단도 있다는 사실을 잊지 마시길. 물론 훌륭하게 활동하는 자도 많습니다만."

고지식한 트레이스의 말에 알고 있다고 쓴웃음으로 대답하는 카슈반의 표정은 장난쳤다고 꾸지람을 듣는 소년 같았다.

'폭군'이라고 불리면 재미있어하는 기질 탓에 막으려 들지 않아서 소문에 한층 박차가 가해지는 점도 있었다.

하지만 또다시 알리시아에게로 돌아섰을 때에는 카슈반의 얼굴에 어린아이 같은 표정이 지워져 있었다.

"앞으로도 나를 원망해서 네게 이상한 짓을 하려는 녀석이 나오지 않을 거라고 단정할 수는 없다. 알리시아. 자기 위안이 겠지만 되도록 그 돌을 지니고 다녀줘."

수호석을 끌어안은 알리시아의 머리를 쓰다듬는 손은 따뜻하고 상냥했으며 눈에서는 아내를 향한 배려가 엿보였다.

"예. 고맙습니다. 카슈반 님."

알리시아는 순순히 고개를 끄덕였다. 남편의 손이 황갈색 머리카락 위에서 미끄러질 때마다 가슴이 들뜨면서 간질간질한 감정이 채워졌다.

"……어머, 말하자면 수호석이란 근처 땅바닥에 떨어진 돌이겠네요. 얻는 데 1제달도 들지 않으니 마님께 드리기 알맞겠어요."

남편에게 받은 돌을 소중히 주머니에 다시 넣는 알리시아를 보고 노라는 일부러 차가운 목소리를 냈다.

노라는 카슈반의 정실 자리를 아직 포기하지 않았다.

그래서 완벽한 정략결혼이었던 부부 사이에 어렴풋이 포근한 애정이 싹트는 장면을 볼 때마다 이런 태도를 보이곤 했다.

"그러네요. 노라 말대로 돈도 들지 않고 정말 좋은 선물이에요. 나도 아즈베르그 사람이 되었으니 다음번에는 수호석을 찾으러 나가볼까요."

언제나 노라의 속내를 전혀 알아차리지 못하는 알리시아는 변함없는 둔감함으로 하녀가 비아냥거리는 소리를 그대로 흘려버렸다.

한층 더 격렬하게 초조함을 느끼는 노라를 히죽거리면서 보던 루아크의 녹색 눈동자가 또다시 바깥으로 움직였다.

"어라? 이번엔 누구지?"

항상 방문자를 특정할 수 있었던 루아크가 의외의 말을 입에 올렸다.

카슈반은 의미심장하게 중얼거렸다.

"너도 모르겠나. 당연하겠지. 만난 적 없는 상대니."

"이 근처 귀족이 아니라는 정도는 알 수 있지만. 말을 달리는 방법이 다른걸. 카슈반 형님과 약간 닮았다고 할까. 좀 거칠지만 말 다루는 법이 상당히 뛰어나."

아무래도 루아크는 기수가 말을 타는 버릇으로 상대를 식별하는 모양이었다.

카슈반은 다시 한번 의미심장하게 웃었다.

"나와 닮았다니. 듣고 보니 그럴지도 모르겠군. 어쨌든 내 스승님 같은 사람이니까."

카슈반이 말하자 트레이스는 표정이 희미하게 흐려졌다.

그러는 사이 오늘만도 세 번째 나는 말 울음소리가 가까이 다가왔다.

이윽고 열린 문 건너편에 사람 그림자가 두 개 나타냈다.

"실례하지 카슈반. 그리고 노라."

거무스름한 피부를 가진 체격이 좋은 남자였다.

무람없는 언동으로 카슈반과 왜인지 모르겠지만 노라를 부른 남자는 겉보기에는 카슈반과 별반 나이 차이가 나지 않았다.

무장이라고는 간결하게 어깨 보호대와 가슴 보호대만 착용한 상태였다.

의복 밑으로 존재를 주장하듯이 부풀어 오른 근육이 남자에게는 진짜 갑옷이리라.

"처음 뵙겠습니다. 강공작 각하."

예의 바르게 고개를 숙인 청년은 안경을 썼고 지적인 분위기였다.

피부색은 일반적인 실딘 사람처럼 하얗고 복장도 카슈반이나 티르나드와 비슷했다.

"……오늘 온 사람 중에 제대로 된 손님은 한 분도 없네요."

두 남자 중 전적으로 검은 피부를 가진 남자를 확인하기가 무섭게 노라가 노골적으로 싫다는 얼굴로 휙 고개를 돌렸다.

그 무정한 동작에 검은 피부 남자가 뭐라고 말하려던 차 티르나드가 뒤집어진 목소리를 냈다.

"그 피부, 복장…… 설마 라그라드르인?!"

라그라드르란 이곳 실딘 왕국과도 국경 일부를 접하는 소국이다.

특별히 눈에 띄는 산업을 가지지 않아 가난했다.

기아에 시달리며 단련되어 강했고, 국민들의 태반이 어떤 형태로든 용병업에 종사하고 있는 나라였다.

그러나 지나치게 강한 실력이어서 마음대로 제어하기가 힘들었다.

특정한 주인을 두지 않고 돈으로만 움직이는 성향을 고깝게 보는 사람이 많았다.

덤으로 검은 피부로 쉽게 구별할 수 있었기에 실던 국내를 비롯해 타국에서 차별받는 일이 많았다.

"처음 보는 얼굴이군, 꼬마 도련님. 안녕하신가."

라그라드르인으로 보이는 남자는 사람들이 보이는 반응에 익숙한 모양이었다.

별로 놀라는 일도 없이 친근한 미소를 계속 지으며 티르나드에게 가까이 다가왔다.

티르나드는 무슨 생각을 했는지 다른 네 사람을 감싸듯이 앞으로 나섰다.

그리고 허리에 찬 검에 손을 갖다 대며 외쳤다.

"대체 무슨 용건이냐! 뻔뻔하게, 라그라드르인 주제에 함부로 남의 저택에 들어오지 마라!"

아무리 생각해도 자기도 멋대로 저택에 들어온 티르나드의 손목을, 옆에서 뻗어 나온 손이 붙잡아 세웠다.

"뭐냐! 루아크, 설마 네놈도 한패냐!"

위세는 좋았지만 내심 부들부들 떨었나 보다.

티르나드는 짧게 숨을 들이쉬고는 루아크를 노려보았다.

"진정하라고, 도련님. 수상한 사람이었으면 여기 경비병이 제지했겠지."

냉정하게 타이르는 루아크를 내려다보며 라그라드르인 남자는 자라는 대로 내버려 둔 수염을 만지작거리며 호쾌하게 웃었다.

"하하하. 맞는 말이다. 그런가. 소문으로 들었던 사신이구나. 안녕하신가. 나는 발로이 렉산드르. 일단 라그라드르에서는 자작의 지위를 지닌 몸이지."

"뭐라?!"

아무리 호의적인 시선으로 봐도 산적이 고작일 듯한 풍채인 남자가 하는 말을 듣고 티르나드는 토끼눈을 했다.

"하지만 라그라드르에서는 돈만 있으면 작위를 간단히 살 수 있으니 별로 의미는 없지. 실체는 시시한 용병단장이야. 꼬마 도련님처럼 타국 귀족님들은 작위가 있느냐 없느냐로 한눈에 알 수 있게 태도를 바꾼단 말이야. 그래, 딱 지금처럼."

티르나드는 남자가 딱 기대했던 반응을 보였으리라.

짓궂은 미소를 띠는 발로이에게 카슈반이 한숨 섞인 어조로 말을 걸었다.

"발로이. 그 녀석은 내 피후견인이다. 반응이 커서 재미있지만 일단 그 정도로만 해주지 않겠나."

"그러지."

히죽 웃은 발로이는 카슈반 말대로 티르나드를 갖고 노는 행동을 그만두었다.

그래도 처음 보는 얼굴들이 많기 때문일까.

발로이는 아주 신기하다는 눈빛으로 주위를 둘러보았다.

그중에서도 한층 더 신기해 보이는 알리시아와 눈이 마주쳤다.

"오, 아가씨. 아가씨도 안녕하신가. 나는 발로이 렉산드르. 아가씨 주인님의 나쁜 친구지."

티르나드와 달리 알리시아 눈에는 호기심은 감돌아도 혐오감은 담기지 않았음을 알아차렸기 때문이다.

발로이가 호의적으로 떠들기 시작하자 카슈반은 말이 끊어진 틈을 타 재빨리 한마디 끼워 넣었다.

"발로이. 그 아이는 하녀가 아니야. 알리시아 라이센. 내 아내다."

이번에는 발로이가 토끼눈을 한 채 굳어버렸다.

소개를 받은 알리시아는 낡은 드레스 자락을 살짝 잡고 정중하게 인사했다.

"처음 뵙겠습니다, 렉산드르 자작님. 라그라드르 분과는 처음 이야기를 해보네요. 잘 부탁드리겠어요."

알리시아는 흥미진진하다는 감정을 숨기지 않았다.

발로이가 귀족으로 보이지 않듯이 비슷한 이유로 알리시아도 명문가의 영애로는 보이지 않았다.

"……아내라면…… 그래. 예의 사신 공주."

겨우 그럭저럭 정신을 가다듬은 발로이는 유심히 알리시아를, 특히 한없이 평평한 가슴을 보고 중얼거렸다.

"그 모습이 하늘에 떠 있는 푸르스름한 달과 같아 냉기를 두른 미모는 남자의 마음을 얼어붙게 하면서도 마음을 사로잡고 놔주지 않는다. 거기에 눈이 세 개고, 뿔이 났고 더불어 산보다도 더 크다고 들었는데…….”

“……그런 모습으로 남자의 마음을 사로잡고 놔주지 않는다면 분명히 대단하겠지. 유감스럽지만 발로이, 소문이 원래 그렇다. 조금 별난 아가씨지만. 뭐, 그 얘기는 나중에 하지.”

알리시아의 ‘조금 별난’ 부분을 상세하게 설명하고 있노라면 언제까지고 이야기가 끝나지 않으리라.

아무렇지도 않게 화제를 돌린 카슈반은 발로이 뒤에 선 일행으로 보이는 남자에게 힐끗 시선을 주었다.

“그쪽이야말로 소개가 필요한 사람이 있는데. 처음 보는 얼굴인 데다가 라그라드르인도 아니군. 용병 같지도 않아.”

첫인사를 한 후로 말없이 상황을 지켜만 보던 발로이의 일행은 긴 검은 머리카락을 목 뒤에서 하나로 묶은 청년이었다.

“어 그렇군. 이 녀석은 내 용병단 손님으로 이름은 세이그람…….”

“다시 인사 올리겠습니다. 라이센 ‘강’공작 각하. 저는 세이그람 알레이. 진정한 주인을 찾으려고 용병단에 신세를 지고 있습니다.”

발로이가 소개하려는 순간, 청년은 이 순간을 기다렸다는 듯이 말하기 시작했다.

“당신의 소문은 익히 들어 압니다. 자신이 가진 실력만으로 길을 개척해 가신다지요. 이전부터 지금까지 인습에만 사로잡힌

이 나라 귀족들과는 선을 긋고 있으시죠. 강공작 각하와 같은 분이야말로 실딘의 발전을 짊어질 분. 아즈베르그 땅에는 각하의 대단함을 이해하지 못하는 자가 너무 많은 것 같습니다."

카슈반이 국왕에게 탄원해 얻은 '강'공작 작위는 대개는 농담으로 치부했다.

그래서 카슈반이 일부러 쐐기를 박지 않으면 일반적인 사람들은 제대로 부르지 않았다.

하지만 세이그람이라는 남자는 오히려 자신이 원해서 묘한 작위를 입에 담은 것 같았다.

"저는 이름밖에 없는 몰락한 남작 가문에서 태어났습니다. 차남이었기 때문에 작위를 물려받는 일조차 여의치 않았습니다. 제 손으로 미래를 개척할 힘을 갖고 있지 못했더라면 지금까지 살아남지 못했으리라 자부합니다. 외람되지만 각하의 저택에는 유능한 고용인이 많지 않다고 발로이 님께 전해 들었습니다. 특히 정무에서 당신의 오른팔이 될 법한 인재 말입니다."

술술 유창하게 말을 쏟아낸 세이그람은 우아한 동작으로 멋지게 인사를 했다.

"분수에 넘치는 말 같으나 이래 보여도 사람을 보는 안목에는 자신이 있습니다. 카슈반 라이센 강공작 각하. 당신은 제 주인이 될 풍격이 갖춰졌다고 판단했습니다."

처음 만나는 인간에게서 갑자기 그런 말을 들어도 보통 사람들은 당황스러울 뿐이리라.

게다가 이 청년은 '주인으로서 갖춰야 할 풍격'만이 아니라

'자신의 주인으로서 갖춰야 할 풍격'이라고 말했다.

실제로 카슈반은 지나칠 정도로 유려한 세이그람의 말에 뭐라고 말하기 어려운 얼굴을 했다.

그런데도 힘찬 어조로 말을 뱉어내는 세이그람 본인은 태평했다.

"저를 집사로 고용해주십시오. 남작가 출신으로 공작가 집사로 들어가기에는 부족할지도 모르겠습니다만. 각하는 그런."

"세이그람이라고 말했나. 미안하지만 정보가 좀 오래된 모양이군. 벌써 집사를 정했다."

잠깐 잠자코 세이그람이 하는 말을 듣던 카슈반이 갑자기 입을 열었다. 절묘한 타이밍에 장광설이 가로막힌 세이그람은 입을 다물었다.

카슈반은 대각선 뒤쪽에서 어리둥절한 얼굴로 서 있는 트레이스를 팔을 잡고 끌어내 제 앞에 세웠다.

"이 녀석은 트레이스라고 한다. 옛날부터 나를 모시던 남자로 일도 잘하고 서로 생각하는 바도 잘 알지. 예전이라면 몰라도 이 녀석이 있는 이상. 다른 집사는 필요 없어."

남색 눈동자를 가늘게 뜨며 세이그람은 안경 너머로 트레이스를 마치 품평을 하는 시선으로 보았다.

노골적인 품평에 트레이스는 한층 더 곤혹스러운 얼굴을 했다.

"아, 저…… 카슈반 님…… 저는, 그."

"트레이스라고 하셨습니까? 강공작 각하. 외람되오나 집사라는 자리에 걸맞은 풍격이 느껴지지 않습니다. 정무에도 정통해 보이지 않는군요. 어떤 작위를 갖고 계시는지요?"

무례한 세이그람의 말이 농민 출신인 트레이스의 열등감을 찌른 모양이었다.

무엇보다 바로 직전까지 트레이스는 주인이 못된 척 행동해서 화를 냈었다.

그래서 갑작스레 열등감에 사로잡혀 감정을 제어하지 못했다.

"……나는…… 나 따위는 분명히 어떤 힘도……."

뺨을 붉게 물들인 트레이스의 시선이 자신 없다는 듯이 바닥을 기었다.

그러나 카슈반은 소꿉친구의 팔을 잡아 물러나길 용납하지 않았다.

팔을 잡은 채 물끄러미 세이그람을 바라보며 카슈반은 되받아쳤다.

"명문가 집사도 나름대로의 집안이나 작위가 필요하다는 생각은 낡은 사고방식이다. 게다가 이 녀석. 뜻밖에 근골이고 머리도 좋아."

"……그렇습니까. 알았습니다. 제가 가진 정보가 오래되었다는 사실은 인정하지요."

세이그람은 한정적으로나마 상황을 이해했다는 뜻을 표시했다.

하지만 한편으로 표정에서 여유가 느껴졌다.

주눅이 든 모습으로 얼굴을 숙인 트레이스를 명백히 자신보다

격이 낮은 상대로 간주한 모양이었다.

"최종판단은 나중에 내려주시면 좋겠습니다. 어느 쪽이 당신께 봉사할 집사로 어울리는지."

"그렇군. 발로이를 부른 진짜 용건을 정리하면 그러도록 하지."

아직 용건을 듣지 못했다고 치겠다는 속뜻을 품은 말을 하고서 카슈반은 트레이스를 놓아주고 발로이에게 시선을 보냈다.

"내 방으로. 얘기는 거기서 듣지."

"오케이."

"잠깐 기다려, 라이센!"

굳은 목소리를 낸 것은 티르나드였다.

"제대로 설명해라. 왜 용병단 따위와 어울리는 거냐. 이 녀석들이 무슨 용건으로 여기 왔지?!"

"너에게 설명할 필요가 있나?"

카슈반이 냉랭하게 대답하자 티르나드는 갑자기 말문이 막혔다.

변함없이 사려가 부족한 언동에 후견인은 과장해서 한숨을 쉬었다.

"말할 필요가 있으면 말하고 아니면 하지 않는다. 그뿐이다. 그럼 레이덴의 도련님. 용건이 없다면 빨리 돌아가라고……. 그리고."

걷기 시작했던 카슈반은 떠오른 생각에 뒤를 돌아보았다.

시선 끝에는 티르나드가 레이덴 영지에서 데려온 종자 무리가 무료하게 몰려 서 있었다.

"또 종자를 바꾼 모양이군. 뭐가 마음에 안 드는지 모르겠지만 적당히 해라. 레이덴 지방 영주에 어울리는 지배 체제를 빨리 구축해야만 해. 고르는 것은 자유지만 적당한 선에서 타협하라고. 알겠지?"

몇 번이고 쳐들어올 때마다 종자가 바뀐다고 지적받은 티르나드는 한층 더 궁지에 몰린 표정을 지었다.

재빨리 몸을 돌리고 2층의 자기 방을 향해 걸음을 떼기 시작한 카슈반의 등을 좇아 세이그람도 따라 걸었다.

"라이센 강공작 각하. 저도 함께 가겠습니다. 이번에 부탁하신 일은 저도 다소 도왔으니까요. 이야기 내용은 아니까 동석하게 해주십시오. 실딘 왕국 일에 관해서는 제 입으로 설명해 드리는 편이 더 이해하기 쉬우실 테니까요."

카슈반이 말없이 발로이를 바라보았다.

발로이는 믿음직한 어깨를 가볍게 으쓱하며 미안하게 됐다는 뜻을 전혀 미안해하는 기색이 없는 표정으로 되돌려주었다.

카슈반은 발로이에게 그 이상 아무 말도 하지 않았다.

대신 다른 인간에게 말을 걸었다.

"트레이스. 너도 따라와라."

아주 당연한 듯한 부름에 고개를 숙였던 트레이스가 번쩍 얼굴을 들었다.

그러기가 무섭게 세이그람의 시선을 뒤집어쓰고 한쪽 눈

을 살짝 가늘게 떴지만 결국 트레이스는 주인의 말에 따라 걸었다.

"나도……!"

질리지도 않고 쫓아가려는 티르나드를 카슈반은 등을 보인 자세 그대로 차갑게 내쳤다.

"빨리 돌아가라고 말했을 텐데. 같은 말을 두 번 하게 하지 마라."

티르나르도 더는 행동하지 못한 채 입술을 깨물고 주먹을 꽉 쥐었다.

남자들은 계단 위쪽으로 이동하기 시작했다.

그 중 발로이가 갑자기 계단 중간에 멈춰 서서 큰 목소리로 노라를 불렀다.

"아 그렇지. 노라! 이―봐, 노라!"

어느새 알리시아의 등 뒤에 선 노라는 흥하고 얼굴을 돌린 채 발로이의 부름을 무시했다.

"노라. 렉산드르 자작님이 부르시는데요."

"그래요? 아무 소리도 전혀 안 들리는데요."

알리시아가 친절하게 말해줘도 노라는 명백히 안 들리는 척을 했다.

노골적으로 무시하는 태도로 일관하는 노라에게 발로이는 한층 더 큰 목소리를 냈다.

"노라! 이―봐 노라! 변함없이 차갑네. 그래도 차가운 태도에 나를 향한 불타오르는 뜨거운 애정이 담겼다는 사실을 아는데 말이야!"

"남세스러운 소리 하지 마세요!"

노라가 찌릿 노려보았다.

"무서운데."

발로이는 만족스럽게 웃었다.

"쌓인 이야기도 많으니까 오늘 밤 여기서 묵을 생각이야. 침대 정리는 걱정 안 해도 돼. 왜냐면 나도 네 침대에서."

"바닥에서라도 주무시면 되겠네요. 자, 카슈반 님이 기다리시잖아요. 얼른 걸어요!"

매달릴 여지조차 없는 태도에도 발로이는 역시 만족스럽게 웃을 뿐이었다.

드디어 카슈반을 따라 계단 위로 사라진 발로이의 등을 노려보며 노라는 하아 크게 한숨을 쉬었다.

네 명의 남자가 떠나자 자리가 순식간에 조용해졌다.

묘하게 휑뎅그렁해진 홀에 알리시아의 즐거움이 담긴 목소리가 울렸다.

"라그라드르 분, 용병단……. 우후후, 기뻐요. 다들 여기 묵는다면 재미있는 이야기를 잔뜩 들을 수 있겠죠."

눈동자를 호기심으로 반짝거리며 카슈반에게 받은 돌을 안고 들떠서 떠드는 알리시아와 침울한 표정인 노라.

"……카슈반 님이 부르셔서 왔으니 틀림없이 머물고 가겠죠……. 아아아. 싫다, 싫어. 오늘 밤은 확실하게 방문을 걸어 잠그고 자야겠어."

노라는 푸르르 떨며 머리를 크게 저었다.

티르나드도 마찬가지로 옆에서 여전히 침묵했다.

두 사람 다 평상시에는 시끄러울 정도로 기운찬 만큼 지금 보이는 모습은 보기 드물었다.

아무래도 발로이가 하는 구애가 꽤 마음에 들지 않는 모양이었다.

루아크가 농담조로 말했다.

"저기 노라. 저쪽도 그럴 마음이 있으니 차라리 발로이 아저씨 애인이 되지? 자작님이고 라그라드르 용병단장이라면 돈도 꽤 많을 거라고."

루아크는 노라가 자신은 카슈반의 애인이라고 공공연하게 떠벌린다는 사실을 알았다.

루아크는 카슈반이 실제로 애인에게 할 법한 일을 노라에게 전혀 하지 않는다는 사실도 잘 알고 있었다.

그 이유로 카슈반은 아무런 부정도 긍정도 하지 않았다.

"농담 말아요! 누가 여자는 얼굴보다 몸이다, 특히 가슴이라고 공언하는 저런 저질스러운 남자의 애인 따위!"

진심으로 불쾌한 듯이 내뱉고는 노라는 비단 발로이가 아니어도 사람들이 결국 주목하는 풍만한 가슴을 흔들었다.

그리고 틀림없이 다 알면서 놀리는 루아크를 노려보았다.

"뭣보다 아무리 돈이 많아도 용병 수입 같은 건 너무 불안정해요. 자작이라는 어중간한 지위도 맘에 들지 않습니다. 제가 오랜 세월 갈고 닦아온 미모는 야만스러운 남자에게 주기 위해서가 아니에요!"

"그래요. 노라는 대단한 미인인 데다 지금은 카슈반 님 애인인걸요."

카슈반의 정실인 알리시아가 태평하게 웃으며 고개를 끄덕였다.

알리시아가 소중하게 안은 수호석이 든 주머니를 무서운 눈으로 노려보는 노라 옆에서, 루아크는 머리 뒤로 깍지를 끼면서 녹색 눈동자를 가늘게 뜨고 계단 위를 올려다보았다.

"그렇다 치고, 카슈반 형님과 라그라드르 용병단이 교류가 있었다니 솔직히 놀랐어. 있잖아 노라. 어떻게 된 일인지 알아?"

"어떻게 되고 자시고 선대 영주님이 엉망으로 통치했던 탓에 아즈베르그 영지는 라그라드르인에게는 절호의 땅이었답니다."

자못 불쾌하다고 말하고 싶은 모습으로 노라는 그렇게 내뱉었다.

"풍채가 그러니 눈에 엄청 잘 띄죠. 하지만 실딘 귀족들에게 고용되는 일도 많아서 자주 아즈베르그 지방을 이용하곤 했답니다. 허가 없이 멋대로 영내를 통과하거나 무허가로 천막을 치고 장시간 눌러앉는 등 자기들 하고 싶은 대로 했죠. 심할 때는 마을을 습격하거나 가축이나 식량을 빼앗기도 했어요."

아즈베르그 선대 영주며 카슈반의 아버지이기도 했던 레디오르 하르바스트.

특히 인생 후반부에 들어선 뒤부터 레디오르는 영주로서 책무를 전혀 다하지 않았다.

통치자가 없는 것과 마찬가지인 변경.

상황에 따라 손쉽게 강도단으로도 돌변하는 용병단에게 그런 땅은 좋을 대로 이용할 수 있는 둥지였다.

"……영주에게 간언할 기개조차 없는 겁쟁이 귀족뿐이었으니까. 용병이 만행을 저질러도 보고도 못 본 척하는 게 고작이었겠지."

조금 전 카슈반이 취한 태도가 효과를 발휘했을까, 묘하게 얌전한 어조로 티르나드가 말하자 노라도 크게 고개를 끄덕였다.

"그래요. 하지만 카슈반 님이 대를 이은 후부터는 녀석들도 자기 멋대로 못한답니다. 그뿐만 아니라 발로이와 친해져서 검술을 배우거나 정보 수집을 시키거나 하세요."

라그라드르 용병단은 고용되면 어디라도 가고 무엇이든 한다.

변경에 위치한 흉흉한 영지에 몸을 둬서 움직일 수 없는 카슈반에게 정보 수집 능력은 매우 가치가 있었다.

"나름대로 큰 수확을 얻을 수 있겠죠. 저는 솔직히 저런 사람과는 교류를 그만두셨으면 하지만요."

"헤에. 과연 기성의 틀에 얽매이지 않는 강공작님이네. 한층 더 종래 귀족들에게 미움받겠는걸."

혐오감을 감추지 않는 노라와는 반대로 루아크는 감탄한 목소리를 냈다.

"나는 그 녀석들이 싫어. 싫다."

평상시에도 티르나드는 좋게 말하면 겉으로 드러나는 감정과 속이 일치해서 솔직했고, 나쁘게 말하면 분위기를 파악하지 못하는 면이 있었다.

그래서 좋고 싫음을 확실히 입에 올리는 편이었지만 이렇게까지 강하게 단언하는 일은 드물었다.

"도련님은 뼛속까지 전형적인 실딘 구 귀족이네. 신흥 귀족도 싫고 라그라드르인도 싫구나. 저 발로이 아저씨도 도련님을 별로 좋아하지 않겠지만."

비꼬듯이 눈을 가늘게 뜨고 말하는 루아크에게 티르나드는 얼굴을 일그러뜨리며 중얼거렸다.

"특히 세이그람. 그 녀석은 더 싫어."

"어라? 그 사람 쪽이야? 왜? 트레이스 씨를 정면에서 바보 취급하긴 했지만."

직접 대화를 나누지도 않은 세이그람을 지명해서 루아크는 놀랐다.

하지만 이유에 관해 티르나드는 애매하게 말끝을 흐렸다.

"……별로…… 트레이스는 관계없어. 그저 그 녀석이 싫은 것뿐이야. 이목구비라던가 분위기라던가 그런 게 싫어."

거의 트집에 가까운 티르나드의 말을 듣고 알리시아는 퍼뜩 머릿속에 떠오른 것을 입에 올렸다.

"그러고 보니 그분, 유란 님과 약간 닮았네요."

"……어머, 듣고 보니 그러네요. 머리를 푼다면 더 비슷할 것 같아요."

저도 모르게 동의한 노라가 다음 순간 바로 곤란하다는 표정을 지었다.

예상대로 티르나드는 얼어붙은 표정을 지었고 손가락이 자신을 감싸려는 듯 어깨에 파고들고 있었다.

티르나드의 이전 후견인인 유란은 '날개의 기도' 성직자였다.

태평하고 느긋하면서 어딘가 알리시아와 닮은 분위기를 가진 사교였다.

아직 유란이 마음 깊게 할퀸 상처는 티르나드에게 아프게 남아 있었다.

"아 그게, 하지만 세이그람 알레이 님이셨던가요? 그분이 더 똑똑해 보였답니다. 그만큼 사람 속을 무척 긁어놓지만요."

노라는 자신이 한 말을 열심히 얼버무렸지만 티르나드는 표정이 여전히 얼어붙은 채였다.

"……새삼스럽게 신경 써주지 않아도 돼."

작게 중얼거린 티르나드는 세 사람에게서 시선을 돌려 문 근처에 모인 종자들을 바라보았다.

"여봐라! 나는 잠시 이곳에 체재하겠다. 누구 한 명 뜻을 알리러 레이덴으로 돌아가라. 남은 자들은 내 짐을 옮긴다. 빨리빨리 서둘러!"

아무래도 처음부터 눌러앉을 생각이었던 모양이었다.

하지만 티르나드 내린 고압적인 명령은 카슈반과는 전혀 이야기를 하지 않은 내용이었다.

이번에는 노라도 끼어들기 힘들었는지,

"전 모릅니다."

라고 입속으로 중얼거리고 멋대로 2층으로 올라가는 티르나드를 배웅했다.

"미안한 말을 해버렸어."

느지막하게 사실을 깨달은 알리시아가 반성하자 루아크는 미묘한 미소를 띠며 대답했다.

"그럴지도 모르지. 도련님이 발로이 씨와 세이그람 씨가 싫다고 말했잖아. 사실은 유란 님이 배신했을 때 라그라드르 용병들을 끌고 왔던 일이 떠올라서 그런가 싶었어. 용병이야 순전히 돈에 고용되었을 뿐이지만."

간혹 지나치게 노골적인 말을 입에 담는 소년도 이번에는 말조심을 했다는 말이었다.

"하지만 그 도련님에게는 필요한 시련일지도 몰라. 아직도 가끔 사교님 이름을 부르면서 가위에 눌리는걸."

루아크는 저택 안을 흥미롭게 어슬렁거릴 때가 많았다.

쳐들어와서 며칠씩이고 눌러앉기를 반복하는 티르나드가 하는 행동도 관찰하는 것 같았다.

다른 사람들 행동도 관찰하고, 카슈반과 알리시아가 정식으로 초야를 치르지 않은 점도 알았다.

"하지만 지금 후견인은 카슈반 형님이니까. 확실히 자각하지 않으면 저 도련님, 또 후견인에게 버림받는 꼴이 될 거야."

예언처럼 입에 올린 루아크도 걷기 시작했다.

"그럼 나는 자주적으로 형님들 대화에 참여하러 가겠어. 물론 나는 매우 소극적이니까 어떤 말도 입밖에 안 내고 듣기만 할 생각이지만. 그럼 알리시아, 노라, 또 보자고."

당당하게 훔쳐 듣겠다고 공언한 루아크는 낮부터 어둑어둑한 저택 안으로 녹아들듯이 사라져갔다.

매번 있는 일이지만 루아크가 일반인과는 전혀 다르게 움직이면 노라는 몹시 기분 나빠했다.

그러고는 기분 전환을 하려는지 다시 알리시아를 보았다.

"어쨌든 마님, 이야기가 옆으로 샜으니 원래대로 돌아가죠. 비료불요초를 주방에 갖고 들어가지 마세요. 토란 재배는 마음대로 하셔도 되지만 마님의 상식은 일반인의 상식과는 다르답니다. 좀 자각해주세요."

"알았어요."

그래도 잘 모르는 것 같은 마님의 응수에 고개를 떨어뜨리던 노라는 한창 일을 하던 도중에 알리시아가 말을 걸었다는 사실을 떠올렸다.

때마침 티르나드의 종자가 짐을 어디로 옮겨야 좋을지 곤혹스러워하는 기색이어서 노라는 지시를 내리면서 자리를 떠났다.

그 모습을 보면서 알리시아는 홀을 뒤로했다.

누가 들으면 남편의 독살을 꾸미고 있다고 생각할 대사를 중얼거리면서.

"카슈반 님이라면 비료불요초를 먹어주실까? 그분 정도로 체격이 크다면 전신 마비 정도로 끝난다고 루아크가 말했지……."

처음부터 나랑 같은 양을 먹어도 괜찮을까?"

알리시아는 발로이와 함께 식사하기를 기대했지만 손님들은 물론 카슈반마저 만찬 자리에 나타나지 않았다.

남자 넷이서 저택 주인의 방에 틀어박힌 채 중요한 이야기를 나누는 듯했다.

훔쳐 듣겠다고 공언한 루아크도 넷이 나누는 이야기에 귀를 기울일 것이다.

또 마님 전속 하녀인 노라도 변함없이 알리시아를 내버려 두었다.

하지만 알리시아도 알리시아였다.

아무 불평도 하지 않고 여느 때처럼 어둑어둑한 저택 안을 촐랑촐랑 돌아다니며 시간을 보냈다.

그러다 한밤중이 지났을 무렵.

사방에서 날개 달린 괴물 상이 내려다보는, 알리시아에게는 '정말 멋질 정도로 악취미'인 방에 있을 때였다.

"그리하여 목 없는 기사는 배신자의 피투성이 머리를 안고, 아무도 모르게 안개 속으로 사라져갔다……."

본가에서 가져온, 너무 읽어 너덜너덜해진 공포 소설에서 마지막 한 문장을 소리 내어 읽은 알리시아는 후우 숨을 내쉬었다.

"정말 근사해. 검은 밤과 하얀 안개, 붉은 피. 이 얼마나 기분 나쁜 색 조합인가. 안개가 짙은 이 지방에서 읽으니까 나름대로 각별한 풍치가 있는걸."

페이트린 가문은 몰락한 지 오래되어 즐길 수 있는 취미가 적었다.

알리시아는 완전히 황폐해진 본가에서 즐길 수 있는 최대 오락으로 예전부터 이런 종류 소설을 즐겨 읽었다.

페이트린 본가와 달리 라이센 저택은 구석구석 손길이 닿아 잘 관리되어 있었다.

그러나 사이비 종교 본거지로 착각할 수 있을 정도로 괴이한 구조를 가진 성이었다.

어두운 숲 깊숙한 곳이라는 훌륭한 입지 조건까지 갖추어서 알리시아는 내심 본가와 좋은 경쟁이 되는 성이라 생각하고 있었다.

싸게 끝낼 수 있는 취미로 만족한 시점에서 알리시아는 안경을 벗고 이제 잘까 생각했다.

그 순간 갑자기 누군가 방문을 두들겼다.

"누구세요?"

"나다."

"어머, 카슈반 님."

촛불 하나 켜기도 아까웠던 근검절약 환경에서 공포 소설을 읽어온 결과, 알리시아는 엄청나게 시력이 나빴다.

특히 밤에 저택 안에서는 온통 시커먼 카슈반을 구별해 내기 어려웠다.

이전에도 저녁때 복도에서 카슈반이 말을 걸었는데 바로 옆에 있던 칠흑색 기둥을 향해 길게 대답을 했다.

카슈반을 질린 모양이었고 후에 트레이스가 카슈반 님이 조금 상처받은 것 같다고 귓속말을 했다.

그 사실을 떠올리며 알리시아는 이번에는 제대로 해야지 생각하면서 일단 머리맡에 둔 안경을 손에 들었다.

"무슨 일 있으신가요? 벌써 주무신다고 생각…… 어머."

하지만 알리시아가 안경을 쓰고 문을 열기가 무섭게 앞으로 쓱 나선 사람은 어떻게 봐도 노라였다.

저도 모르게 안경테를 붙잡고 위치를 고치면서 알리시아는 눈을 껌벅거렸다.

"어머 카슈반 님. 잠시 못 뵌 사이에 노라와 똑 닮게 변하셨네요."

"저는 노라입니다, 마님. 주인님은 이쪽이세요."

알리시아가 시선을 들자 질렸다는 얼굴을 한 카슈반의 모습이 있었다.

"여느 때의 카슈반 님. 안녕하세요. 그런데 무슨 일이시죠? 두 분이 함께."

"딱히 노라와 함께 오진 않았다. 여기 와서 문을 두드리는데 옆에서 노라가 끼어들었을 뿐이다."

카슈반이 아내의 방을 방문하자 이를 발견한 노라가 눈치 빠르게 방해하러 온 결과였다.

남편이 심야에 아내의 방을 찾았다.

노라는 목적을 어림짐작하고 어떻게 해서든 방해해야겠다는 마음을 품었으리라.

그러나 카슈반은 노라가 예측한 이유로 알리시아를 찾진 않은 듯했다.

"할 얘기가 있다. 잠시 방에 들여보내 주겠나?"

"예. 들어오세요."

생긋 웃으며 남편을 맞아들이는 알리시아 옆으로 부끄러움도 모른체 하며 노라가 미끄러져 들어왔다.

카슈반은 아무래도 상관없는지 재빨리 방으로 들어와서는 문을 닫았다.

"카슈반 님. 손님들 상대하기는 괜찮으신가요?"

"대략적으로는 이야기를 끝냈으니까. 지금은 한창 술판을 벌이는 중인데 보아하니 아침까지 계속 마셔댈 것 같아서 도중에 빠져나왔다. 대신 루아크를 두고 왔지."

말을 듣고 보니 카슈반 몸에서 희미하게 술 냄새가 났다.

상당히 고가인 독한 술 냄새라고 생각하며 알리시아는 루아크라는 이름에 반응을 보였다.

"어머 루아크. 술자리까지 함께하는군요."

"흠—. 일부러 그렇게 갖고 다니는가?"

알리시아의 가슴팍에 늘어뜨려진 주머니에 시선을 준 카슈반이 희미하게 미소 지었다.

낮에 남편이 준 수호석이 든 주머니에 알리시아는 가느다란 끈을 꿰매어 목에 걸 수 있게 했다.

"무겁지 않나?"

"괜찮아요. 이렇게 해두면 항상 몸에 지닐 수 있죠."

기묘한 목걸이 같은 주머니를 걸고 미소 짓는 아내의 머리를 카슈반은 완전히 습관이 된 동작으로 쓰다듬었다.

그리고 새삼스럽게 떠올렸는지 어조를 바꾸어서 이야기를 시작했다.

"사실은 말이야, 알리시아. 우리가 결혼했다는 사실을 보고할 상대가 있다."

"보고인가요? 어느 분께요?"

가장 중요한 혼례식조차 1층 홀에서 성직자도 세우지 않고 적당히 끝내버린 카슈반이다.

결혼했다는 사실을 보고하러, 일부러 찾아가야 하는 상대라니 알리시아는 짐작도 할 수 없었다.

"디네로 아즈베르그를 아는가?"

"아뇨. 하지만 아즈베르그라면…… 그분은 아즈베르그 지방백이신가요?"

페이트린 지방에서 시집온 알리시아는 처녀 때 성이 페이트린이었다.

알리시아처럼 지명을 성으로 가졌다면 틀림없이 지방백이다.

게다가 현재 영주가 카슈반 라이센이라는 점을 생각하면 아마도 한참 전에 몰락한 지방백이었다.

과거 '날개의 기도'가 유일하고 절대적인 가르침으로 귀족과 왕족의 신분을 보장하던 시대에는 지방백이 곧 영주였다.

하지만 현재는 하극상 때문에 태반이 세금 징수권을 비롯한 많은 권한을 잃어버렸다.

지방백은 영주가 된 다른 귀족들 지배를 받으며 숨죽이고 살고 있다.

"디네로……. 시계 공작이라고 불리는 분인가요?"

노라가 묻자 앞선 알리시아의 질문까지 포함해 카슈반은 고개를 끄덕였다.

"그래. 몰락한 지 오래됐다고는 하나 과거에는 아즈베르그 가문이 이 지방 영주였지. 현재 영주인 내가 결혼을 했으니 아내 얼굴 정도는 보여주는 게 도리겠지."

"……상당히 새삼스럽네요."

주인의 진의를 살피듯이 노라가 말했다.

분명히 새삼스러운 제안이었다.

"게다가 아즈베르그 가문이라면 그…… 아, 아뇨, 아무것도 아닙니다."

하려던 말을 노라는 재빨리 삼켜버렸다.

뒤에 이어질 말을 알아차린 듯한 카슈반의 눈동자 깊숙한 곳에서 아버지인 레디오르 하르바스트를 연상시키는 어두운 빛이 반짝이는 광경을 보았기 때문이다.

얌전해진 하녀에게는 아무 말도 하지 않고 카슈반은 알리시아를 향해 계속 말했다.

"분명히 새삼스럽지만 결혼하고 잠깐은 나도 바빴다. 요즘은 귀족들이 얌전해졌으니 약간 집을 비워도 되겠지."

그렇게 말하는 카슈반은 오늘도 아침부터 다른 사람 저택에 불을 붙이는 등 바빴다.

하지만 알리시아는 남편 언동에서 모순점을 찾지 않고 다른 부분에 흥미를 나타냈다.

"어머, 아즈베르그 님 저택은 그렇게 먼가요?"

카슈반은 집을 비운다는 전제로 말했다.

그저 인사만 하는 정도라고 생각했던 알리시아는 의외인 말에 되물었다.

"거리는 그럭저럭 멀지. 무엇보다 여기는 아즈베르그 변경이니까. 아즈베르그 공작도 영주가 아니게 되고서는 반대쪽 변경에 있는 작은 저택으로 옮겨 산다. 여러 가지 할 이야기도 있어서 며칠 정도는 머무를 예정이다."

그 말을 듣기가 무섭게 알리시아는 표정을 확 밝혔다.

"함께 갈 수 있나요?! 게다가 며칠씩이나 다른 분의 저택에서 지내나요?!"

시집온 뒤 알리시아는 거듭 저택 밖으로 나가지 말라는 말을 듣고 지냈다.

실제로는 몇 번 나간 적이 있지만 티르나드에게 불려 나갔던 한 건을 제외하면 전부 카슈반의 허락을 받지 않고서였다.

덧붙여 남편은 바빠서 식사를 함께하기는커녕 얼굴조차 제대로 볼 수 없는 나날이 이어졌다.

그랬는데 함께 여행을 떠나고 모르는 사람 저택에 머물 수 있다니.

알리시아는 가슴이 더할 나위 없이 강하게 뛰었다.

"그럴 거야. 너만 좋다면 바로 준비해서 가능한 한 빨리 출발하고 싶은데."

"지나칠 정도로 좋답니다! 바로 준비를 하겠어요!"

말하기가 무섭게 알리시아는 정말로 여행 준비를 할 것 같았다. 그런 알리시아를 카슈반이 쓴웃음을 지으며 제지했다.

"아무리 그래도 오늘 밤 당장 출발하진 못해. 내 일정도 조정해야 하니까 빨라도 내일모레는 지나야 해."

성급한 행동은 제지당했지만 대신 알리시아는 한껏 웃는 얼굴로 카슈반에게 미소를 지었다.

"오늘은 기쁜 일만 있네요! 고맙습니다, 카슈반 님!!"

알리시아가 머리를 크게 숙이자 평평한 가슴 위에서 주머니에 든 수호석이 흔들렸다.

미묘한 표정으로 아직 어린 아내를 보던 카슈반은 슥 손을 뻗어 턱을 들어 올렸다.

"……응."

가까이 다가오는 남편의 얼굴에 반사적으로 눈을 감은 순간 입술에 부드러운 감촉이 겹쳐졌다.

한 박자 늦게 노라가 눈을 부릅떴지만 카슈반은 이미 키스를 마치고 알리시아에게서 떨어진 상태였다.

"기뻐해 주니 고마운데 오늘 밤은 이만 자라. 그럼 부인. 좋은 꿈을 꾸시오."

역시 술기운이 조금 도는지 장난을 치듯 점잖을 빼는 경례를 하고 카슈반은 방을 나갔다.

희미하게 떠도는 농후한 술 향기와 입술에 남은 술의 맛에 알리시아도 취한 듯이 희미하게 얼굴을 붉혔다.

　"─술자리에서 도망칠 구실로 이용하셨나 보네요. 어머나 마님. 꽤 사랑받고 계시는군요."

　노라가 온 힘을 다한 비아냥거려도 잘 들리지 않았다.

　가슴에 늘어뜨린 수호석 주머니를 손가락 끝으로 만지며 알리시아는 한층 더 두근거리는 자신의 고동을 느꼈다.

[제2장] 소문의 시계 공작

디네로 아즈베르그 공작 저택은 라이센 저택에서 마차를 타고 남서 방향으로 이틀 정도 내려간 장소에 있었다.

"헤— 에. 진짜 쪼그맣다. 공작님 저택이라기보다는 좀 좋은 별장이라는 느낌이야."

불안정하게 덜컹거리는 마차에서 마부석 옆에 진을 친 루아크가 솔직한 감상을 늘어놓았다.

그림자놀이처럼 질서 정연하게 늘어선 침엽수림 건너편에는 작은 저택이 보이기 시작한 참이었다.

분명히 루아크 말대로 공작이라는 높은 지위와 전 영주의 가문이라는 점을 생각하면 본채 하나뿐인 저택은 그야말로 소박했다.

"그러네요. 무척 평범한 저택이에요. 아! 하지만 꽤 오래돼서 너덜너덜하네요. 우리 집이랑 똑같아요. 하긴 이쪽도 몰락한 지 오래됐다니까요."

마차 안에서 창문 너머로 바깥을 바라보던 알리시아도 기쁜 듯이 말했다.

불규칙하게 흔들리는 진동에 맞춰 황갈색 머리카락 끄트머리와 가슴에 늘어뜨린 주머니가 사이좋게 춤을 췄다.

알리시아 본인으로서는 최고급 칭찬을 한 셈이었다.

그러나 마부석에 앉아 있던 트레이스는 헛기침을 하고는 타일렀다.

"……마님, 죄송하지만 부탁이니 아즈베르그에서는 그런 말씀을 말아주십시오."

결국 카슈반이 일정을 조정하는데 시간을 잡아먹어서 라이센 부부 일행은 발로이가 도착하고도 며칠이 지나서야 저택을 떠났다.

예의 술잔치에서 엉망으로 취한 트레이스는 다음 날 아침에는 숙취로 고생했다. 지금은 그럭저럭 회복해서 견실한 손놀림으로 마부 역할을 맡았다.

"아즈베르그 공작이 소문대로라면 이 정도 말은 아무렇지도 않게 여기겠지만 말이지."

알리시아 옆에서 다리를 꼬고 앉은 카슈반이 중얼거렸다. 이 마차에는 네 사람만 탔지만 다른 마차에는 이유는 알 수 없었지만 노라와 세이그람, 티르나드까지 동행하고 있었다.

카슈반의 예상대로 발로이는 술잔치에서 루아크에게 완패했다.

그렇지만 트레이스와 다르게 숙취에 고생하지도 않고 다음 날 변함없이 노라에게 수작을 걸면서 떠났다.

세이그람은 집사 운운하는 이야기를 포기하지 않았는지 뻔뻔하게도 디네로를 방문한다면 자신도 가겠다고 말을 꺼냈다.

덧붙여 멋대로 저택에 눌러앉은 티르나드도 이야기를 듣고 나도 가겠다며 아우성을 쳤다.

전부 승낙한 카슈반의 속내를 모르겠다고 노라는 혼자서 분개했다.

대신 카슈반은 다른 종자는 데려갈 수 없다는 조건을 못 박고, 트레이스에게 너도 간다고 말했을 뿐이었다.

"시계 공작이라고 했던가. 아즈베르그 사람들은 자신의 작위에 독자적인 미학을 가진 모양이네."

"그쪽은 단순히 별명일 뿐이다. 상세한 유래는 나도 잘 몰라."

가벼운 루아크의 태도에 강공작은 어딘지 모르게 내뱉는 어조로 대답했다.

루아크는 수행원으로서 지명을 받진 않았다. 하지만 이제는 누구 하나 루아크가 변덕을 부려도 제지하려 들지 않았다.

"모르는구나. 흐— 음, 혹시 카슈반 형님도 처음 만나?"

"……그렇지 뭐."

점점 전체 모습이 보이기 시작하는 아즈베르그 공작 저택을 곁눈으로 바라보며 카슈반은 애매하게 맞장구를 쳤다.

그 옆에서 두근거리는 가슴을 안고 같은 방향을 바라보던 알리시아는 갑자기 시야에 날아든 화사한 색채에 큰 소리를 냈다.

"어머, 꽃밭?"

아즈베르그 지방에 많은 키가 큰 나무숲에 가려져서 가까이

올 때까지 알아차리지 못했다.

마차 정면에 완전히 모습을 드러낸 저택 오른쪽에는 저택과 비슷한 넓이인 꽃밭이 보였다.

1년 내내 서늘한 아즈베르그는 낮게 깔린 음울한 구름과 아침저녁으로 발생하는 안개 때문에 땅은 습했고, 햇살도 약했다.

그래서 햇빛이 많이 필요한 색채가 선명한 꽃은 거의 볼 수 없었고 풍경은 8할 가까이 흰색과 검은색, 회색으로 이루어져 있었다.

그래서 마차로 여행하는 내내 눈에 들어온 경치도 대개 그랬다.

색채가 빈곤한 풍경에 익숙해진 눈동자에는 한 면을 완전히 지배한 화려한 붉은색이 더욱 두드러져 보였다.

"우와. 굉장하다. 저거 전부 장미잖아?"

루아크도 코를 실룩거리고 흥미를 보이며 마부석에서 몸을 앞으로 내밀었다.

한편 카슈반과 트레이스, 두 소꿉친구는 차츰 짙어지는 장미 향기에 눈썹을 모은 채 잠자코 있었다.

"주인님은 외출 중이십니다."

저택 앞에 마차를 세우고 사자로 방문한 트레이스를 저택 앞에서 처음 맞이한 사람은 노인이었다.

더는 마를 수는 없을 정도로 야윈 체구를 지녔고 엄격해 보였다.

낡았지만 빈틈없이 차려입은 오래된 의상에서 자신이 맡은 직무를 향한 긍지가 엿보였다.

형식상 마중을 나왔다지만 갑자기 쳐들어온 손님과 사자로 간 집사에게는 다르게 느껴졌다.

노인의 실제 역할은 미숙한 트레이스를 밀어내는 벽이라고 주장하는 듯했다.

"외람되오나 아즈베르그 영주인 카슈반 라이센 강공작이 아즈베르그 공작을 찾아왔습니다. 공작께서는 언제쯤 돌아오십니까?"

"주인님께서는 외출 중이십니다. 해 질 무렵이 되어야 돌아오십니다."

아즈베르그가 가령이라 신분을 밝힌 노인은 트레이스가 열심히 물어보아도 웃음기 없는 얼굴로 같은 말을 반복했다.

가령은 집사보다 한 단계 높은 직책이며 모든 고용인을 통괄하는 역할을 짊어졌다. 주로 고용인이 많은 유복한 저택에서 두는 경우가 많았다.

그러나 하극상 풍조가 퍼진지 오래인 실딘 국내에서는 귀족 전체가 힘이 약해져 있었다.

따라서 일부러 가령을 두지 않아도 집사만으로도 충분했다.

덧붙여 아즈베르그 가문은 저택을 보면 유복한 생활을 한다고 말하기 어려웠다.

고용된 고용인 수도 많지 않을 텐데 가령이라고 자신을 소개한 노인에게서는 조금도 주눅 든 기색을 볼 수 없었다.

그런 만큼 트레이스가 노인을 거북스러워한다는 인상이 한층 두드러졌다.

"그렇다면 저택 안에서 기다리면 안 되겠습니까?"

"주인님께서는 지금 외출 중이십니다. 가령으로서 주인님이 부재중이신데 모르는 분을 안으로 들일 수는 없습니다. 돌아오실 때까지 기다려주십시오."

노인은 마치 기계 장치처럼 똑같은 대사를 반복했다.

겉으로는 공손한 체하지만 실제로는 무례하게 구는 전형적인 태도였다.

어떻게든 붙들고 늘어지려는 트레이스의 모습을 조금 떨어진 곳에서 바라보던 세이그람이 옆에 있는 카슈반을 올려다보며 차갑게 웃었다.

"저 노인은 의식적으로 저러고 계실 테지만, 강공작님 소꿉친구분도 정말로 눈치가 없다고 할까요. 바보처럼 하나만 알고 둘은 모르는…… 어이쿠 실례했습니다."

쿡 작은 웃음을 얼굴에 띠며 짐짓 꾸민 듯이 실언을 사과하는 모습은 카슈반보다는 그 뒤에 있던 티르나드의 얼굴을 일그러지게 했다.

세이그람은 계속해서 말을 이었다.

"공작가라는 가문을 생각한다면 집사가 아닌 가령을 두는 것도 당연합니다. 라이센 강공작 각하, 집사가 안 된다면 가령으로 고용하면 어떠신지요."

"필요 없어."

카슈반은 쌀쌀맞게 내뱉고는 곤혹스러워하고 있는 트레이스 옆으로 다가갔다.

카슈반이 가령을 물끄러미 바라보자 노인도 예의의 범주에서 벗어나지 않는 선에서 키가 큰 청년을 바라보았다.

두 사람의 시선이 부딪치는 장소에서 푸른 불꽃과도 닮은 긴 장감이 달렸다.

트레이스가 살짝 숨을 들이켜는 사이 카슈반이 매우 간결하게 자신의 이름을 댔다.

"내가 카슈반 라이센이다. 아즈베르그 공작을 뵙고 싶은데 안에서 기다릴 수는 없는 모양이군."

"그렇습니다."

카슈반을 대하고도 노인은 태도가 바뀌지 않았다.

말을 들은 카슈반도 또 시원스럽게 물러났다.

"해 질 녘에 돌아오는가. 알았다. 밖에서 기다리지."

"알겠습니다."

가벼운 인사를 남기고 노인은 작은 저택 안으로 돌아갔다.

그것을 배웅하면서 트레이스는 작은 목소리로 주인에게 사죄했다.

"⋯⋯죄송합니다."

"신경 쓰지 마라. 저 할아범은 상대가 누구든 저런 태도를 보일 거야. 어떤 의미로는 사용인들의 귀감이지만."

다른 사람들에게도 들려주듯이 말하는 카슈반에게 티르나드가 갑자기 네놈이 잘못했다고 불평을 늘어놓았다.

"다른 사람 저택을 방문하는데 사전에 아무 연락도 하지 않아서 이렇게 되었잖아. 변함없이 무례한 남자로군!!"

"너한테 그런 말을 들을 줄은 몰랐는데. 우리 집에 올 때 지금까지 사전에 알린 적이 있었나?"

카슈반은 아무렇지도 않게 되받아쳐 티르나드를 침묵시키고 아직 하늘 높은 곳에 뜬 태양을 올려다보았다.

"그래도 별수 없어. 여기서 강행 돌파해도 별다른 도리가 없다. 돌아온다고 하니 기다리도록 하자."

그렇게 말하고 카슈반은 다른 사람들 반응을 살피듯이 주위를 둘러보았다.

여느 때와 다름없이 주위를 두리번거리던 알리시아는 남편을 향해 기쁜 듯이 물었다.

"저 카슈반 님. 아즈베르그 공작님을 기다리는 사이에 잠시 이 주변을 산책해도 될까요?"

알리시아가 이 지방에 시집을 온 뒤로 실제로 밖에서 걸어 돌아다닌 적은 거의 없었다.

전에 노라가 숲에 버리고 갔을 때 정도뿐이었다.

기껏 찾아온 절호의 기회를 헛되게 하지 않겠다는 생각에 기쁜 얼굴로 청하자 카슈반은 복잡한 얼굴을 했다.

"산책? 그렇군……. 이 부근은 인적이 드문데……."

"괜찮잖아. 가자고, 알리시아. 카슈반 형님. 내가 호위할 테니까."

오랜 마차 여행에 지루해졌는지 루아크도 옆에서 이야기에 끼어들었다.

카슈반은 한층 더 복잡한 표정을 했지만 결국 고개를 끄덕였다.

"알았다. 너무 멀리 가진 말라고. 해가 떨어지기 전에 돌아와."

"예— 엣! 자, 가자. 알리시아."

들뜬 목소리로 대답한 루아크에게 이끌려 알리시아는 기쁘게 걷기 시작했다.

등 뒤에서 노라가 여차하면 영원히 돌아오시지 않아도 된다고 하는 말도, 카슈반이 바로 옆에 있는 장미꽃밭을 바라보며 짓는 험악한 표정도 알리시아는 전혀 알아차리지 못했다.

디네로 저택 주변에는 사람의 기척이 느껴지지 않는 조용한 숲이 펼쳐져 있었다.

키가 큰 나무 건너편을 응시하면 조금 떨어진 장소에 작은 농가가 점점이 흩어진 모습을 볼 수 있었다.

"형님들, 틀림없이 뭔가 꾸미고 있어."

정기적으로 정비하는 듯 잡초나 돌 부스러기를 찾아볼 수 없는 길을 걸으면서 루아크가 의미심장하게 중얼거렸다.

"꾸미고 있다뇨? 뭘요?"

타박타박 울리는 자신의 발소리를 듣던 알리시아가 옆에서 의 아하게 되물었다.

태양이 하늘 높은 곳에 뜬 시각인데도 물기를 머금은 지면은 완전히 마르지 않아서 밟으면 축축했고 젖은 소리가 났다.

"다 급작스럽잖아. 결혼 보고라니 지금까지 전혀 기색을 보이 지 않았잖아. 그리고 티르 도련님이 한 말대로야. 귀족이 정식으 로 다른 사람 저택을 방문하는데 애초에 연락도 하지 않다니 역 시 이상해. 그런데도 트레이스 씨는 화를 내는 기색도 없고 말이 지."

항간에서는 카슈반이 피도 눈물도 없는 공포 정치를 펼치는 듯 떠들어댔다.

하지만 실제 어떤지를 보면 카슈반에게는 의도적으로 자신이 폭군처럼 보이게 연출하는 성향이 있었다.

거꾸로 말하면 필요도 없는데 쓸데없이 고압적으로 행동하지 는 않는다는 뜻이다.

"원래부터 이번 여행 얘기도 발로이 아저씨가 오고 나서야 나 왔는걸. 뭔가 수상해."

알리시아는 저택을 떠날 때 '그런데 마님, 초야의 감상은?'이 라고 질문을 해서 카슈반의 매서운 눈빛을 뒤집어썼던 발로이를 떠올려보았다.

덧붙여 알리시아가 뭐라고 대답하기 전에 카슈반이 입을 막았 기 때문에 이야기가 흐지부지 끝났다.

"그리고 보니 루아크. 카슈반 님들의 이야기를 듣고 있지 않았나요? 아는 거 없어요?"

"그게 말이지. 중요한 부분을 듣기 전에 카슈반 형님에게 들켜서 말이야. 그 사람, 정말로 감이 좋다니까."

대신 술자리에 끌려 들어간 소년은 킬킬 웃었다.

발로이가 떡이 되도록 술을 먹이고 승리한 루아크가 숙취에 시달렸다는 이야기는 아직 못 들었다.

"여기서 머문다고 말은 했지만 주인이 거절하면 어쩔 생각일까, 형님은. 노숙이라도 할 생각인가."

"노숙! 근사해라. 재밌어 보이네요!"

루아크가 입에 올린 단어에 알리시아는 바로 기뻐했다.

그런 알리시아에게 이끌리듯이 루아크도 웃었다.

"아하하. 알리시아는 언제나 눈앞의 행복을 놓치지 않는구나……. 어라?"

이것도 훈련한 성과일까.

발소리를 전혀 내지 않고 걷던 루아크가 갑자기 딱 멈춰 섰다.

"알리시아. 저기. 저기에 눈에 띄는지, 띄지 않는지 잘 모를 이상한 사람이 있어."

"예? ……어머, 어머…… 저건 사람이에요."

루아크가 재촉해서 그쪽을 본 알리시아의 눈에 길옆에 늘어선 나무 그림자에 녹아든 그림자 하나가 비쳤다.

엄청나게 키가 큰 청년 그림자였다.

키뿐 아니라 체격도 좋아 카슈반이나 발로이와 나란히 서도 손색이 없을 정도였다.

그런 주제에 매우 조용히 서 있었고 또 큰 체격에도 묘할 정도로 장소에 잘 녹아들었다.

입은 옷도 형태는 카슈반이 입은 옷과 비슷했지만 아즈베르그 경치에 녹아들 것 같은 옅은 회색 바탕이었다.

덕분에 제대로 안경을 쓴 알리시아에게도 청년이 주위 경치와 동화한 듯 보였다.

루아크가 눈에 띄는지 아닌지 모르겠다고 애매한 표현을 쓴 이유도 그 때문이리라.

옅은 색 금발만이 유일하게 눈에 띈다고 할 수 있는 청년은 두 사람 반대편에 멈춰 서 있었다.

청년의 시선 끝에서는 아즈베르그의 짧은 봄이 끝나기 전에 종자 뿌리기를 끝내고자 마음먹은 농민 부자가 열심히 밭에서 일하는 참이었다.

그러다 잠자코 선 청년의 존재를 농민들도 알아차렸다.

아들 쪽이 얼굴을 들어 마치 특이한 나무처럼 다른 나무 사이에 녹아든 청년을 발견하고는 소리를 냈다.

"아. 시계 공작님이다. 아버지. 공작님이세요."

"정말이구나. 여— 기. 휴식이다. 좀 쉬자고. 물 갖고 와."

숙였던 허리를 편 아버지 쪽은 물을 갖다 달라고 조금 떨어진 위치에 있는 아내를 불렀다.

고개를 갸우뚱하는 알리시아 옆에서 루아크도 보기 드물게 약간 놀란 얼굴을 했다.

"음, 그러니까. 저 커다란 사람이 공작님이고, 그리고 저 사람이 오니까 휴식? 왜?"

루아크가 이상하다는 듯이 중얼거렸다.

청년의 존재와 농민들 휴식 사이에 어떤 인과 관계가 있는지는 불명이었다.

생각에 잠기는 루아크 옆에서 알리시아는 뇌리를 스치고 지나가는 이름을 입에 올렸다.

"디네로 아즈베르그 공작님?"

이름에 반응하듯이 금발 청년이 이쪽을 돌아보았다.

나이는 20대 후반 정도일까.

어느 고명한 조각가가 만든 작품처럼 뚜렷하고 단정한 이목구비였다.

처음 만나는 사람에게 이름을 불렸음에도 여전히 무표정해서 조각 같다는 인상이 더욱 강해졌다.

그러나 이쪽을 돌아봤다고 생각한 순간 청년은 아무 일도 없다는 듯이 알리시아에게서 등을 돌렸다.

하얀 망토를 펄럭이며 청년은 묵묵히 걷기 시작했다.

"어머, 아닌가?"

"글쎄. 안 들렸을지도 모르지. 거— 기, 잠깐만, 앞에 있는 부운—!"

루아크가 크게 소리를 내도 디네로라고 추정되는 남자는 반응하지 않았다.

그 대신 반응한 사람은 조금 전까지 밭일하다가 막 휴식에 들어간 참인 농민 소년이었다.

"당신들 누구야? 공작님한테 무슨 용건 있어?"

나무 건너편에서 들려온 목소리에 우선 알리시아가 대답해보 았다.

"저분이 역시 디네로 아즈베르그 님인가요?"

알리시아는 이 근처 사람이라고는 생각할 수 없는 드레스 차 림이었다.

하지만 드레스 자체는 이미 상당히 낡은 물건이었다.

농민 소년은 처음에는 다소 경계하는 기색을 보였다.

하지만 대단한 사람 같은 기색이 전혀 없고 완전히 무방비한 알리시아의 모습에 안심한 모양이었다.

알리시아가 궁금해하는 점을 시원스럽게 가르쳐주었다.

"그래. 우리는 시계 공작님이라고 부르지만."

"왜요?"

"저 사람, 항상 똑같은 시간에 똑같은 위치에 서 있으니까. 밥 을 먹거나 휴식을 취할 때 기준으로 잡기 딱 좋아."

"그렇구나. 가르쳐줘서 고마워요."

생긋 웃은 알리시아는 루아크에게 이렇게 말했다.

"라는 데요."

"그러네. 다시 말해서 저 사람 매일매일 똑같은 길을 걸어 다 니는군."

루아크가 던진 시선 끝에는 디네로가 일정한 걸음걸이를 무너 뜨리지 않고 걸어가고 있었다.

키에 비례해서 다른 사람보다 긴 다리는 보폭이 컸고, 걷는 속도도 꽤 빨랐다.

때때로 아까처럼 멈춰 서서 어딘가를 물끄러미 바라보았기 때문에 아직 그렇게 멀리까지는 가지 않았다.

"그렇다면 저 사람을 따라가면 언젠가 자기 저택으로 돌아가겠네. 따라가 볼까? 알리시아. 어차피 저 사람이 돌아가지 않으면 저택에 들여보내 주지 않을 테니까."

"그러네요. 또 왠지 재밌어 보이는 분이고요."

겉보기도 행동도 보통 사람과는 명백히 다른 디네로의 존재가 알리시아의 호기심을 강하게 자극했다.

거기에 주객이 전도되긴 했지만 디네로가 돌아가지 않으면 디네로 저택에는 들어갈 수 없다.

"좋았쓰. 우선 쫓아가자. 이―봐요, 저―기요, 공작니임! 디네로 님―! 시계 공작니임―!"

요란하게 불러대면서 루아크는 종종걸음을 치며 디네로를 쫓아갔다.

알리시아도 드레스 자락을 살짝 들어 올리고 타박타박 발소리를 울리며 루아크와 마찬가지로 디네로를 쫓았다.

디네로를 쫓는 사이, 루아크와 알리시아는 줄곧 나무 건너편으로 보이던 마을까지 갔다.

조금 뒤 두 사람은 마을 외곽에 있는 문 앞에서 멈춘 디네로를 따라잡았다.

문지기를 하는 마을 청년에게 인사를 받으며 디네로는 말없이 그곳에 서 있었다.

그 모습대로라면 디네로가 알리시아와 루아크만을 무시하는 것 같진 않았다.

기본적으로 누가 어떤 행동을 해도 디네로는 매우 작은 반응을 보였다.

"저기. 무시하지 말아줘요. 디네로 님. 당신을 만나려고 카슈반 형님이랑 같이 며칠이나 걸려서 왔으니까."

"카슈, 엇, 앗, 그 영주님?!"

루아크의 말에 반응한 사람은 디네로가 아니라 인사해도 무시당한 둔박해 보이는 문지기 청년이었다.

정작 중요한 디네로 본인은 표정에 변화가 없었지만 겨우 달려온 두 사람 쪽을 돌아보아 주었다.

"아까부터. 뭐냐. 내게. 무슨. 용건이라도. 있나."

뒤를 쫓아오는 존재를 알아차리지 못하진 않았던 모양이다.

처음 듣는 디네로의 목소리는 조용하고 낮았으며 담담한 어조에는 특이하게 묘한 간격이 있었다.

가까이에서 보이는 얼굴은 매우 단정했지만 가까이 다가가기 힘든 일정한 분위기가 감돌았다.

좀 더 딱 잘라 말한다면 뭔가 기분 나쁜 분위기였다.

꽤 덩치가 좋은 남자라는 점도 한몫 더해서 용모는 풍경에 녹아들었으나 존재는 붕 떠 있었다.

"아, 들렸나 보다. 음— 그러니까. 새삼스럽지만 디네로 님이지?"

"그렇다. 너는."

"나는 루아크. 여기는 알리시아. 카슈반 형님 부인이지."

"헉, 흐억! 그그그그그 사신 공주?!"

그 자리에 함께 있어서 그저 불쌍하다고밖에 말할 수 없었다.

문지기 청년이 보이는 과장된 반응과는 대조적으로 디네로는 회색 눈동자만을 아주 작게 움직여 루아크와 알리시아를 바라보았다.

"아, 저기요. 처음 뵙겠습니다, 아즈베르그 공작님. 저는 알리시아 라이센. 강공작 카슈반 라이센을 남편으로 두었습니다."

루아크는 역시나 숨 하나 흐트러지지 않았지만 알리시아는 뺨을 붉게 물들였고 호흡도 빨랐다.

밭일했던 덕분에 겉보기보다는 체력이 있었지만 달리는 일에는 익숙하지 않은 탓이었다.

"사신 공주. 라이센의 아내."

"예."

"그런가. 나는, 디네로 아즈베르그."

예법에 따라 매우 새삼스럽게 자기소개를 한 디네로는 그 말을 끝으로 다시 걷기 시작했다.

"아― 잠깐 기다리라니까."

루아크가 당황해서 넓은 등에 말을 걸어도 되돌아오는 대답은 무뚝뚝했다.

"영지를, 돌아보는 중이다. 이야기라면, 걸으면서도, 할 수 있어.”

시계 공작이라는 별명에 걸맞게 디네로는 영주의 아내가 만나러 왔든 어쨌든 원래 예정을 무너뜨릴 생각이 없는 모양이었다.

루아크는 어깨를 가볍게 으쓱했지만 알리시아는 점점 더 디네로에게 흥미를 느꼈다.

“가죠, 루아크. 나, 좀 더 저분과 이야기를 해보고 싶어요.”

“그뿐만이 아닐 텐데…….”

살짝 쓴웃음을 짓는 루아크를 이끌듯 알리시아는 기뻐하며 걷기 시작했다.

디네로는 잠깐은 보조를 늦춰줬지만 곧 성큼성큼 걸었다.

그 탓에 알리시아와 루아크는 쫓아갔다가 멀어지고 쫓아갔다가 멀어지고를 반복했다.

덕분에 제대로 된 대화는 거의 나누지 못했다.

그러나 근처에 있던 또 다른 마을을 지난 뒤에는 디네로가 갑자기 걷던 속도를 늦추었다.

“무슨 일이시죠?”

겨우 디네로와 나란히 걸을 수 있게 된 알리시아가 카슈반보다 머리 반 개만큼 더 키가 큰 남자를 올려다보며 의아한 얼굴을 했다.

달리다가 멈추기를 몇 번이나 반복했기 때문에 알리시아 볼에서 붉은 기가 가시지 않았다.

그런 알리시아를 힐끗 보면서 디네로는 대답했다.

"나를, 시계로, 삼는, 인간은, 이제, 이, 앞에는, 없다. 남은 일은, 저택으로, 돌아가는 것."

"다시 말해서, 이제는 시각에 맞춰가지 않아도 별로 곤란한 사람이 없다. 그러니까 알리시아 보조에 맞춰주겠다. 그런 말이야?"

루아크가 친절히 거의 통역에 가깝게 해설하자 알리시아는 디네로에게 생긋 웃어 보였다.

"고맙습니다. 아즈베르그 공작님."

극단적인 신장 차 때문에 디네로에게 말을 걸려면 알리시아는 고개를 거의 수직으로 들어 위를 바라봐야 했다.

위험한 자세인 알리시아를 무표정하게 내려다본 디네로는 전방으로 시선을 돌렸다.

"디네로로, 충분해. 아즈베르그 공작님은, 너무 길다."

"알았습니다. 디네로 님. 전 알리시아라고 불러주세요. 그런데 디네로 님은 왜 매일 이렇게 마을들을 둘러보시죠?"

"아, 그거 나도 묻고 싶었어. 공작님이 직접 혼자서. 도대체 왜? 설마 이 주변 사람들 시계가 돼주려고?"

알리시아보다는 키가 컸지만 남자치고는 체구가 작은 루아크도 디네로를 올려다보며 물었다.

작은 두 사람이 질문하자 디네로는 담담하게 각각 대답해주었다.

"내, 영지다. 그러니까, 내가, 돌아본다."

퉁명스럽다기보다는 감정이 없는 데에 가까운 목소리에는 억양이 전혀 없었다.

"시계가, 될 생각, 없어. 하지만, 사람들이, 그렇게, 생각한다. 영지 순회는, 혼자서, 할 수 있다."

"아, 그렇겠지. 당신 꽤 세 보이니까."

디네로가 허리에 찬 장검을 본 루아크는 순간 눈에 위험한 빛이 떠올랐다.

초일류 암살자인 루아크는 상대가 얼마나 강한지 알아낼 수 있는 안목도 가지고 있었다.

"게다가 당신은 아즈베르그 전체 영주도 아니니까. 영지가 방금 본 그 마을 근처까지면 분명히 걸어서 영지를 돌아볼 수 있겠지."

"어머, 저랑 같네요. 저도 페이트린 지방백 출신이지만 완전히 몰락해서 영지는 없기로는 마찬가지랍니다."

묘한 동지 의식을 들고 나온 알리시아가 순수하게 웃는 얼굴을 디네로는 잠자코 내려다보았다.

정체를 알 수 없는 분위기를 띤 남자가 보내는 시선에는 카슈반과는 또 다른 박력이 있었다.

하지만 이 사신 공주는 강공작도 시계 공작도 조금도 두려워할 줄을 몰랐다.

알리시아의 느긋하게 웃는 얼굴을 내려다보고 디네로는 혼잣말처럼 중얼거렸다.

"알리시아도, 지방백. 라이센의 아내는, 지방백."

"예, 그렇답니다. 덕분에 그분이 저를 좋은 가격에 사주셨어요."

디네로와 자신들이 돌아오기만을 기다릴 터인 카슈반을 떠올리면서 알리시아는 생긋 웃었다.

원래부터 잘 웃었지만 최근 카슈반을 생각하면 바로 입가에 미소가 달렸다.

혼자서 묘하게 행복해 보이는 알리시아를 바라보며 디네로는 수수께끼 같은 말을 입에 담았다.

"두 가지, 지방백, 피가, 라이센의 집안에, 들어갔다."

"두 개?"

고개를 갸우뚱하며 알리시아가 되물은 순간 은색 반짝임이 시야를 스치고 지나갔다.

카슈반에게서 받은 수호석이 든 주머니가 한 줄기 강한 바람에 크게 흔들렸다.

동시에 옆에서 새로운 남자가 비명을 질렀다.

"우와왓!"

언제 저곳까지 움직였을까.

루아크가 바람처럼 도로변에 있는 울창한 덤불 옆까지 이동해서는 건너편에 숨었던 젊은 남자에게 예의 독침을 들이댔다.

"디네로 님은 이제부터는 시계가 필요한 사람은 없다고 말씀하셨는데."

엉거주춤한 상태로 덤불에서 상반신을 드러낸 남자는 루아크가 짓궂게 웃으며 빈틈없이 침을 들이대는 통에 조금도 움직일 수 없었다.

복장으로 볼 때 아까 스쳐 지나간 두 개의 마을에 사는 농민 같았다.

"몰래 숨어서 엿보다니 나는 둘째 치고 여기 두 사람한테는 실례잖아. 사이좋게 몰락했지만 쌍방 다 지방백의 피를 이은 귀족님들이시라고?"

"젠장!"

혀를 참과 동시에 덤불 안쪽에서 다른 남자 목소리가 들렸다.

루아크는 재빨리 침을 거둬들이고 후퇴해서 알리시아를 감싸는 위치에 섰다.

알리시아는 아직 상황이 어떻게 되었는지 사태를 파악하지 못했다.

루아크가 지닌 실력이라면 상대가 여러 명이라도 밀리지는 않으리라.

다만 이 자리에는 알리시아가 있다.

알리시아는 비료불요초를 먹어도 죽지 않는다.

그렇다고 탁월한 전투 능력을 갖추진 않았다. 기본적으로 알리시아에게 호신술이니 뛰어난 순발력을 기대하면 안 되었다.

"제, 제, 제길!"

그러나 갑자기 루아크가 발견한 남자들 움직임도 적절하다고는 할 수 없었다.

어떻게든 도망치려고 했지만 한 사람은 나무뿌리에 발이 걸렸고 또 한 사람은 덤불 끄트머리에 옷자락이 걸렸다.

"이봐."

덤불에 옷이 걸린 남자에게 디네로가 한마디 던지며 거리를 좁혔다.

이런 상황이라도 조금도 당황한 기색 없이 긴 다리로 단숨에 거리를 좁혀오는 모습은 심장에 좋은 모습이 못 되었다.

"흐윽, 우왓. 오지 마! 우왓!"

남자는 공작가 당주와 만났다기보다는 거의 괴물과 조우한 희생자 같은 음색을 냈다.

그리고 무슨 생각을 했는지 혼란에 빠진 남자는 두 팔을 마구 휘두르면서 디네로에게 달려들었다.

"디네로 님!"

깜짝 놀란 알리시아가 목소리를 높였고, 디네로도 눈을 살짝 크게 떴다.

루아크 혼자만이 알리시아를 등 뒤로 감싼 채로 여유로운 표정을 지었다.

다음 순간, 철퍽 물소리를 내면서 디네로는 자신에게 달려든 남자를 끌어안은 자세로 지면에 엉덩방아를 찧었다.

"—어라?"

루아크가 맥 빠진 소리로 중얼거렸지만 바닥에 주저앉은 디네로 다리 사이에 쓰러진 남자는 여전히 죽을힘을 다하는 중이었다.

남자는 한층 더 세게 눈앞에 있는 두꺼운 디네로의 가슴을 계속 두드렸다.

"아프다."

전혀 아픈 것 같지 않은 디네로의 반응에,

"바보 자식, 뭐 하냐!"

라는 목소리가 겹쳐졌다.

발밑에서 나무뿌리가 계속 거치적거리는 상황인데도 용케 멀리까지 도망친 동료의 부름에 남자가 퍼뜩 제정신을 차렸다. 제정신을 차린 남자는 겨우 자리에서 일어서 간신히 걸음을 옮기며 도망쳤다.

"놓쳤다."

"……그러네."

아무 저항도 하지 않았다고 해도 좋은 상태였던 디네로의 말에 이제는 어쩔 도리가 없다는 느낌으로 루아크가 고개를 끄덕였다.

아무리 초일류 암살자라도 도주한 남자들을 쫓아갈 마음은 들지 않았던 모양인지 손에는 이미 애용하는 무기가 사라진 채였다.

한편 담담한 동작으로 일어선 디네로의 등을 덮은 하얀 망토는 멋지게 진흙투성이가 되었다.

"아프지 않아요?"

"안 아프다."

"……그런 것 같긴 하네."

약간 시간을 두고 상황이 무척 이상하게 느껴졌는지 루아크는 키득키득 웃으면서 그대로 드러난 어깨를 흔들었다.

"정말 놀랄 정도로 약한데! 그만큼 맞아도 아무렇지 않다면 상관없겠지! 아하하하하! 재밌다! 완전 맘에 들었어!"

세이그람은 아니었지만 루아크는 강자를 알아보는 눈에 자신이 있었다.

그랬는데 멋지게 예상이 빗나가자 루아크는 박장대소했다.

뒤에서 일률적으로 일어나는 일을 보던 알리시아는 디네로에게 다가가 미소를 지었다.

"그런데 저분, 오지 말라고 하시고는 자기가 뛰어들었네요. 디네로 님 괜찮으신가요?"

"그래."

"망토는 벗으시는 편이 좋겠네요. 그대로라면 다른 옷에도 진흙이 묻어요. 얼룩이 지면 지우기 무척 힘들답니다."

"그래."

순순히 고개를 끄덕이고는 망토를 벗은 디네로에게 루아크가 물었다.

"그런데, 시계 공작님. 다른 사람에게 감시당할만한 일에 관해서 짐작 가는 바가 있어?"

"없다."

"아는 얼굴이었어?"

"그런가, 생각했었다. 하지만, 내, 영민이, 아니었다."

"흐응. 언제부터 감시했을까, 우리가 오기 전일까, 오고 나서 감시를 붙였을까……."

다시금 생각에 잠긴 루아크를 곁눈으로 바라보며 디네로가 다시 걷기 시작했다.

지금 막 습격을 받는데도 발걸음은 조금 전과 비교해 조금도 다르지 않았다.

"잠시만 기다려주세요, 디네로 님."

걷는 속도를 늦췄다고는 하나 디네로와 알리시아는 다리 길이부터가 달랐다.

난데없이 홀로 남겨질 상황에 부닥친 알리시아도 걷기 시작했지만 곧 얼굴만 뒤로 돌린 디네로를 보고 무엇을 생각했는지 멈춰 섰다.

"차라리 이 정도 거리가 이야기하기 편할지도 모르겠네."

"왜 그래, 알리시아?"

미끄러지듯이 제 옆에 나란히 서는 루아크에게 알리시아는 거꾸로 질문을 던졌다.

"루아크는 목이 좀 아프지 않아요?"

"헤, 나? 으응. 괜찮은데. 디네로 님처럼 얻어맞지도 않았는걸."

"아니. 그게 디네로 님은 키가 무척 크시잖아요. 이야기할 때 줄곧 위를 바라보아야 하니까 고개가 좀 아파서요."

그래서 이만큼 떨어지면 고개를 그렇게까지 높이 들지 않아도 괜찮다.

좋은 발견을 했다고 알리시아가 설명하는 목소리는 디네로에게도 들린 모양이었다.

"그런가. 이 정도가, 좋나."

"그렇답니다. 좀 더 거리를 벌려주시는 편이 목이 훨씬 편해요!"

루아크는 어느 틈에 상당한 거리를 두고 서로 큰 소리를 내는 두 지방백을 유심히 바라보고 중얼거렸다.

"……그러면, 디네로 님이 쭈그리고 앉으면 안 될까?"

아무래도 루아크는 이 사람들은 자신이 돌봐줘야겠다고 생각한 듯했다.

그러나 대체안에 알리시아는 고개를 저었다.

"그러면 걸으면서 이야기할 수 없잖아요. 너무 늦으면 카슈반 님이 걱정…… 꺄악?!"

아무래도 좋을 일에 집착하던 알리시아는 후반부에 높게 소리를 질렀다.

아즈베르그는 봄에도 해가 드는 시간이 짧다.

해가 기울어지기 시작하면 하늘은 눈 깜짝할 사이에 어두워진다.

하늘 아래, 석양을 받는 카슈반의 칠흑색 머리카락도 어두운 붉은색으로 둔하게 빛났다.

카슈반이 꼼짝도 하지 않고 바라보는, 디네로 저택 옆을 차지한 심홍색 장미 정원도 마찬가지였다. 한층 더 깊은 붉은색이 더해진 꽃들은 불길함과 꺼림칙한 아름다움으로 보는 이를 붙들고 시선을 놓아주지 않았다.

"……카슈반 님. 바람이 붑니다. 마차 안으로 들어가시지요."

조용히 이름을 부른 트레이스 외에는 누구도 지금 카슈반에게 말을 걸 수 없었다.

하지만 부름에도 카슈반은 돌아보는 기색조차 없이 트레이스에게 등을 보인 채 움직이지 않았다.

강해지기 시작한 바람이 앞머리와 망토를 갖고 놀게 내버려 둔 채로 지그시 장미들을 노려보았다.

장미가 바람에 흔들려 한층 더 짙어진 향에 둘러싸인 옆얼굴은 아즈베르그의 폭군이라 부르기에 부족함이 없었다.

"아─. 다녀왔습니다─. 카슈반 형님."

타박타박 발소리를 내면서 그림자가 두 개 나타났다.

자리에 있던 전원이 깜짝 놀라 소리가 난 쪽으로 고개를 돌렸다.

카슈반도 미간에 깊은 주름을 새긴 얼굴을 천천히 소리가 난 쪽으로 향했다.

"늦어서 미안. 앗, 이 느낌은…… 혹시 우리가 타이밍 최악일 때 나타났나?"

카슈반에게는 헤실헤실 웃으면서 말하는 루아크도. 옆구리에 낀 더러워진 하얀 망토도 아무래도 좋은 듯했다.

카슈반은 말없이 루아크 옆에 선 덩치 큰 남자와 그 남자 팔에 안긴 소녀에게 시선을 옮겼다.

"카슈반 님, 늦어서 죄송해요. 그래도 도중에 디네로 님을 만날 수 있었답니다."

디네로의 한쪽 팔에 안긴 상태로 알리시아는 천진난만하게 말했다.

카슈반의 등 뒤에서 새파랗게 질린 트레이스와 노라가 알리시아에게 부탁이니까 아무 말도 하지 말라고 사인을 보내도 알아차리는 기색도 없었다.

걸으면서 목이 아프지 않게 이야기를 하고 싶다.

알리시아의 작은 바람을 디네로는 갑자기 알리시아를 안아 올리는 형태로 해결했다.

알리시아도 처음에는 깜짝 놀랐다. 하지만 분명히 얼굴 높이가 매우 가까워지는 장점 덕분에 무척 이야기하기 쉬웠다.

옆에서 루아크가 난 몰— 라 하고 중얼거려도 눈치채지 못하고, 두 지방백은 본인들 기준에서는 매우 활기를 띠며 이야기를 나누었다.

"아! 그렇지. 소개가 늦었네요. 카슈반 님, 이분이 디네로 아즈베르그 공작님. 디네로 님. 이분이 카슈반 라이센 강공작님. 제 남편이시랍니다."

생긋 웃는 얼굴로 알리시아가 각자 소개를 시작하자 카슈반은 한층 더 침묵을 지켰다.

시선이 천천히, 무서울 정도로 천천히 처음 보는 남자와 그 팔에 안긴 아내를 훑었다.

"디네로 님도 카슈반 님을 만나 뵙고 싶으셨대요. 잘됐어요. 저……."

"지금 당장 내 아내에게서 손을 떼라."

은색 칼끝이 어둠 속에서 붉게 빛났다.

무서울 정도로 완만하던 동작이 갑자기 빨라져 루아크도 눈을 동그랗게 뜰 정도였다.

소리도 없이 검을 뽑은 카슈반이 빠른 속도로 디네로에게 똑바로 검을 겨누었다.

"빨리 내려놓으시지. 그렇지 않으면 베어버리겠다."

고압적인 어조는 디네로와 좋은 승부를 겨룰 수 있을 만큼 억양이 없었다.

그러나 목소리의 깊은 곳에 흐르는 얼어붙을 듯한 냉기는 카슈반이 손에 든 검의 날카로움과 합쳐져 듣는 사람 등줄기를 떨리게 했다.

"카슈반 님, 안 됩니다……!"

아까보다 더 파랗게 질린 트레이스가 외쳤지만 카슈반은 들은 척도 하지 않았다.

조각상 같은 미모를 가진 디네로를 노려보는 눈에는 소꿉친구는커녕 아내조차 들어오지 않는 듯했다.

그러나 정작 디네로는 특별히 놀라거나 당황한 기색이 없었다.

잠깐 코앞에 디밀어진 칼끝을 말없이 지켜보던 디네로는 휙 옆을 바라보았다.

압도당한 기색도 없이 그저 얼굴만을 움직였을 뿐이라는 몸짓이었다. 그렇게 디네로는 아까까지 카슈반이 보던 방향을 바라보며 중얼거렸다.

"왜, 장미를, 미워하지?"

"……뭐라고?"

"장미는, 너를, 미워하지 않아. 자신을, 미워하지 않는 것을, 미워하면, 안 돼."

너무나도 의외의 말이었으리라.

카슈반은 저도 모르게 미간에 모았던 주름을 풀고 살짝 당혹스러운 표정을 지었다.

그런 카슈반에게 루아크가 재빨리 말을 덧붙였다.

"어쨌든 칼을 치우라고 카슈반 형님. 그대로 휘두르면 알리시아까지 베어버릴 거야. 디네로 님도 알리시아를 내려놓으세요."

최악의 타이밍에 등장해버린 점을 보완하려는 듯이 루아크는 커다란 두 남자에게 척척 지시를 내렸다.

우선 디네로가 재빨리 알리시아를 내려놓았고 루아크는 자신이 들고 있던 망토를 건넸다.

"카슈반 님, 저…… 죄송합니다. 꺅!"

이유는 알 수 없었지만 알리시아도 일단 남편이 심기가 불편하다는 사실을 알아차렸다.

그런 알리시아의 손을 카슈반이 붙잡았다.

칼집에 검을 집어넣으면서 체구가 작은 아내의 어깨를 억지로 끌어안은 남편은 여전히 표정이 험악했다.

그러는 참인데 아즈베르그가의 가령이라 밝힌 노인이 저택에서 나와 이쪽으로 가까이 왔다.

시계 공작이라는 별명에 어울리게 정각에 돌아올 터인 주인이 귀가가 조금 늦자 걱정해 나왔으리라.

검은 거두었다고 하나 카슈반의 눈초리에서 위험한 빛은 사라지지 않았다.

야윈 노인은 아마도 미묘한 공기를 감지했음이 분명했다.

그러나 모르는 척 디네로를 향해 머리를 숙였다.

"주인님. 어서 오십시오."

"조금 늦었다. 리드렉."

"아니오. 그렇지 않습니다. 이쪽은 카슈반 라이센 강공작 각하십니다. 낮부터 주인님을 기다리고 계셨습니다."

"그런가."

디네로는 카슈반이 자신에게 검을 들이댄 사실을 깨끗하게 잊어버린 듯이 리드렉이라는 가령이 하는 말에 담담하게 고개를 끄덕였다.

옅은 회색 눈동자가 다시 카슈반과 마주친 그때, 알리시아와 루아크를 제외한 영주의 동행자들은 일제히 작게 숨을 삼켰다.

그러나 카슈반은 지극히 의례를 갖춘 동작으로 인사를 했다.

"……아즈베르그 공작, 이미 귀공도 들었으리라 생각하나 나는 얼마 전에 여기 알리시아와 결혼했다."

필요한 최소한의 예의만을 지킨 말은 억양이 없는 디네로와 은근히 태도가 무례한 리드렉의 말을 쌍방으로 배운 것 같았다.

"늦었다고 생각하면서도 보고하고자 방문했다. 잠깐 이곳에 머물고 싶은데."

"알았다."

바로 디네로는 고개를 끄덕였다.

그리고 역시 담담한 어조로 가령에게 분부했다.

"리드렉. 손님께. 방과. 식사를."

"알았습니다."

이것이 가령이 갖춰야 할 몸가짐일까.

리드렉 노인도 무엇 하나 되묻지 않고 디네로가 하는 명령을 받아들였다.

"들어가지."

도중에 리드렉에게 더러워진 망토를 건네면서 디네로가 제 저택을 향해 걷기 시작했다.

어둠에 떠오르는 색조가 옅은 그 모습을 카슈반은 말없이 노려보았다.

"카슈반 님……?"

알리시아는 장미를 노려볼 때와 똑같은 눈초리로 눈을 크게 뜨고 디네로를 바라보는 남편을 의아하게 올려다보았다.

시선을 알아차린 카슈반은 눈을 감으며 깊게 숨을 내쉬었다.

그리고 아내의 어깨를 안은 채로 디네로 저택을 향해 걷기 시작했다.

"……심, 심장에, 너무 안 좋습니다……."

숨 막히는 일련의 사태를 보고 있던 트레이스가 일단 안도의 한숨을 내쉬며 완전히 지친 얼굴로 투덜거렸다.

디네로 저택 내부 구조는 색채가 화려하지 않고 눈에 띄는 장식품이 없다는 점만 빼면 라이센 저택과 별로 다르지 않았다.

하얀색과 회색 돌을 쌓아 만들어진 2층짜리 건물은 조촐한 인상이 그대로인 건물로, 어딘가 썰렁하고 생활감이 결여되어 있었다.

"이 저택도 고용인이 적네. 그리고 시간이 멈춰 있다고 해야 하나. 시계 공작님 저택답다고 해도 되겠지만."

예상대로 매우 검소한 저녁 식사를 끝내고 단단한 나무 의자에 앉은 루아크가 예의 바르지 못하게 다리를 달랑달랑 흔들며 중얼거렸다.

조금 전까지 요리를 늘어놓았던 길고 튼튼한 식탁도 좋은 물건이었다.

하지만 이를 어쩌랴.

장식이 너무 오래돼서 마치 몇백 년도 더 전으로 시간이 거슬러 올라간 느낌이었다.

"……진짜 그렇다. 게다가 주인과 마찬가지로 고용인도 기분 나빠. 젊은 고용인은 하나도 없고 나이 든 고용인뿐인데 다들 묘하게 능력이 좋아서 더 기분이 나빠."

티르나드도 제 바로 옆에 앉은 카슈반을 힐끗 곁눈으로 쳐다보면서 목소리를 낮추어 말했다.

장례식장도 여기보다는 분위기가 밝으리라.

그런 생각을 할 정도로 침묵이 지배하는 식사 자리에서 카슈반은 결국 한마디도 하지 않았다.

카슈반과 디네로가 아무 말도 하지 않자, 다른 사람들도 떠들기 어려웠다.

결과적으로 묵묵히 식사만 할 수밖에 없었다.

더불어 디네로는 저택 주인으로서 손님들과 함께 저녁을 먹은 뒤, 오늘 밤 손님이 묵을 방을 결정한다면서 손님만 내버려 둔 채 모습을 감추었다.

"리드렉 할아버지가 손수 식사 시중을 들어줬을 정도니까. 순순히 트레이스 씨나 노라의 손을 빌렸으면 좋았을 텐데."

식사할 때 시중을 들어준 사람은 가령인 리드렉과 나이 지긋한 하녀뿐이었다.

시중을 들어주는 태도는 고용인의 귀감이라고 할 수 있을 정도로 군더더기가 없이 훌륭했다.

하지만 가령이 식사 시중을 들면서 돌아다닌다니 아무리 생각해도 이상했다.

어깨를 으쓱이는 루아크에게 티르나드가 동의를 표시했다.

"동감이다. 저 두 사람도 차라리 그편이 마음이 편했을 텐데."

트레이스와 노라가 도우려 하자 이 저택의 고용인들이 해야 할 일이라며 쌀쌀맞게 거절당했다.

두 사람은 별실에서 식사하겠지만, 이런 상황이라면 나름대로 가시방석에 앉아 있는 기분이리라.

"하지만 재미있는걸요. 마치 오래된 괴기 소설에 등장하는 저주받은 저택 같아요. 이야기에서는 대개 식사에 독이 들었거나 방문이 닫혀서 밖으로 나갈 수 없죠. 아니면 밖에서 비명이 들려와 놀라서 나가보면 피투성이 시체가 굴러다니거나 해요."

알리시아는 디네로가 자리를 비울 때까지는 카슈반이 기분이 나빠 보여서 신경을 쓰는 의미로 얌전하게 있었다.

아즈베르그 공작이 사는 저택에는 라이센 저택과는 또 다른 정취가, 기분 나쁜 뭔가가 있었다.

시간이 흐름에 따라 알리시아는 완전히 평상시 모습을 되찾아 주변을 두리번거리면서 신나게 떠들기 시작했다.

"게다가 이곳에도 장미 정원이 있는 걸요. 좋은 장미향이 계속 나요."

장미 정원이라는 한마디에 팔짱을 끼었던 카슈반이 눈동자를 희미하게 움직였다.

하지만 미간에 미묘한 주름을 잡았다고는 하나 뭔가를 생각하는지 침묵을 계속 유지했다.

"……저기, 라이센. 너 아즈베르그 지방백이랑 무슨 일이 있었어?"

티르나드가 조심스럽게 물었다.

카슈반의 눈동자가 다시 희미하게 움직였다.

"너 왜, 왠지 좀 이상하다고. 여기 왔을 때부터…… 아니 여기 오기 전부터. 결혼했다는 보고를 하다니. 일일이 그런 걸 하고 다닐 남자가 아니잖아. 일부러 여기까지 찾아와서는. 그런데 본인을 만나고는 그런 태도를 보이고."

"전에도 말했을 텐데. 너와 관계가 있으면 말하고, 아니면 이야기하지 않는다고."

딱 잘라서 말한 카슈반은 풀 죽은 표정인 티르나드에게 차가운 시선을 보냈다.

"멋대로 쫓아온 주제에 하는 일에 쓸데없이 참견하지 마라. 나는 네 후견인이다. 함부로 기분 상하게 하면 안 되는 상대임을 잊지 말도록."

만약 기분을 상하게 했다가는 어떻게 될지 알고 있느냐.

최후 통고에 가까운 말에 티르나드는 나머지 질문을 꿀꺽 삼키고는 입을 다물었다.

"그 말씀대로입니다. 당신은 자신의 처지를 깨닫는 법과 분위기를 파악하는 법을 배우는 편이 좋겠습니다."

틈을 주지 않고 바로 말한 사람은 그때까지 침묵을 지키던 세이그람이었다.

세이그람은 라이센가 집사 지원자였다.

하지만 현시점에서 카슈반의 손님으로 대우를 받으며 식사 자리에 동석하고 있었다.

"뭐, 뭐냐! 너 하고는 관계없을 텐데!"

이전 후견인과 닮은 분위기를 가진 남자가 차갑게 말하자 티르나드는 과민반응하며 난데없이 의자에서 벌떡 일어섰다.

그러나 얼굴색을 바꿔가며 되받아치면서도 눈은 미묘하게 세이그람을 직시하기를 피했다.

세이그람 쪽은 아무리 티르나드가 꽥꽥대도 눈곱만큼도 동요하는 기색을 보이지 않았다.

더불어 무슨 생각인지 자리에서 일어나더니 품속으로 손을 미끄러뜨렸다.

"옷, 꽤 하는데, 집사 지원자 씨."

눈치 빠르게 루아크가 중얼거린 말을 작은 비명이 증명했다.

"아얏!"

찰싹하는 날카로운 소리와 함께 티르나드가 빨갛게 부어오른 손등을 감싸 쥐고 신음했다.

티르나드의 손을 후려친 물건은 세이그람이 눈에 보이지 않을 정도로 빠르게 꺼내 든 소형 채찍이었다.

말에게 쓰는 굵고 두툼한 채찍은 아니었다.

그러나 티르나드는 아픔 그 자체보다도 자신이 채찍으로 얻어맞았다는 충격에 눈을 휘둥그레 떴다.

"곧 관계가 있을 겁니다, 레이덴 백작. 무엇보다 그렇게 되면 당신은 내 주인 곁을 그만 얼쩡대야 할 겁니다."

성급히 이야기를 시작한 세이그람은 트레이스가 없는 지금이 좋은 기회라고 생각한 듯했다.

안경테를 가볍게 밀어 올리고는 손에 쥔 채찍을 갖고 놀면서 티르나드의 얼굴을 똑바로 바라보았다.

"딱 잘라 말씀드리죠. 레이덴가 도련님. 당신이 이전 후견인에게 버림받은 이유는 당신께 명문가 피를 이었다는 점 말고는 쓸 만한 부분이 무엇 하나 없었기 때문입니다."

더할 나위 없을 만큼 확실하게 무능하다고 낙인 찍혔다.

티르나드는 너무 노골적인 말에 입을 뻐끔거렸다.

세이그람은 티르나드와 이전 후견인 사이에 있었던 사건 경위도 아마 발로이에게 들어 아는 모양이었다.

"어머. 레이덴 백작님 괜찮으세요? 알레이 님. 그러시면 안 돼요. 갑자기 채찍으로 때리시다니."

티르나드의 반응보다도 한 박자 더 늦게, 여전히 긴장감이 없는 목소리로 알리시아가 끼어들었다.

"때리시려면 적어도 손으로 때리셔야죠. 그렇죠? 카슈반 님."

티르나드가 바보 같은 짓을 할 때마다 카슈반은 종종 손을 올리곤 했다.

그러나 이번에는 카슈반은 손을 들어 올리지 않았지만 세이그람을 제지하려는 기색도 보이지 않았다.

눈앞에 벌어진 광경을 관찰하듯이 의자에 앉은 채 움직이지 않았다.

"괘, 괜찮습니다. 알리시아 님. 그렇지만! 대, 대체 무슨 짓을, 이놈……!"

티르나드는 소리를 지르는 기세를 탄 채로 카슈반에게 향하던 시선을 순간 세이그람에게로 돌렸다.

하지만 안경 안쪽에 있는 차가운 눈과 마주친 순간, 눈 깜짝

할 사이에 다시 시선을 돌려버렸다.

"저를 똑바로 바라보지 못하시지 않습니까. 제 말이 옳다고 당신 자신도 느끼는 증거라고 생각합니다."

채찍으로 제 손바닥을 가볍게 두드리면서 세이그람은 티르나드가 보이는 반응에 코웃음을 쳤다.

아마도 이전 후견인이었던 유란과 자신이 외양이 닮았다는 점까지는 모르는 듯했다.

"당신처럼 능력은 갖추지 못한 주제에 자존심만 센 도련님들을 몇 명이나 봐왔습니다. 용병단 신세를 지기 이전에는 이곳저곳 명문가에서 가정교사를 해왔으니까요. 그중에서도 당신이 특히 심하군요."

"너도 좋아서 데려오진 않았다, 세이그람."

불현듯 카슈반이 딱 잘라 말하며 세이그람을 제지했다.

드디어 후견인이 세이그람을 말려주려나 생각한 티르나드는 안도하는 얼굴을 했다.

그러나 카슈반은 오히려 마침 잘 됐다는 듯 이야기를 시작했다.

"가정교사를 했나. 마침 잘 됐군. 세이그람. 그 바보 녀석 집사 겸 가정교사가 돼서 지켜줘라. 그렇게는 고용해줄 수 있다."

"뭐라고?!"

예상외의 말에 티르나드가 얻어맞아 아픈 손등도 잊어버릴 기세로 외쳤다.

세이그람도 가느다란 눈을 한층 더 가늘게 뜨며 딱 잘라 거절했다.

"강공작 각하. 죄송하지만 그것만큼은 거절하겠습니다. 모실 주인은 스스로 결정하자는 주의랍니다. 이분은 제 주인이 될 수 있는 그릇이 아닙니다."

"……저, 정말로 라이센과 비슷하거나 그 이상으로 무례한 녀석이군……!"

세이그람이 지나칠 정도로 명료하게 말하자 티르나드는 빨갛게 된 손등을 억누르며 빈약한 어깨를 부들부들 떨었다.

바로 그때 문이 열리고 디네로가 얼굴을 들이밀었다.

"너희, 방. 라이센 부부, 방은, 2층, 손님방이다."

분위기 파악을 못한다는 점에서는 디네로도 보통내기가 아니었다.

실내에 흐르는 험악한 공기를 헤아리는 기색이 전혀 없는 말에 알리시아도 비슷한 어조로 되물었다.

"어머나. 카슈반 님과 제가 한방을 쓰나요?"

"그리고 보니 알리시아랑 형님, 부부였지."

루아크가 반쯤은 진심으로 잊어버리고 있었다는 표정을 지었다.

"뭐, 괜찮잖아. 결혼도 했겠다. 노라가 화를 내겠지만 마침 여기엔 없고, 어엇, 엇차!"

덜컹하고 큰 소리를 내면서 카슈반이 일어서는 바람에 장방형 식탁이 움직였다.

바닥에서 다리를 띄우고 의자에 앉았던 루아크가 여파를 받아 뒤로 나동그라질 뻔했다.

그러나 카슈반은 개의치 않고 알리시아의 팔을 잡아끌었다.

"2층 어디지?"

카슈반의 어조에서는 형식적인 예의조차 사라지고 있었다.

하지만 디네로는 신경 쓰는 기색을 보이지 않고 시원스럽게 가르쳐주었다.

"계단을 올라가서, 왼쪽의, 가장 안쪽 방이다. 안내하지."

"필요 없어."

쌀쌀맞게 내뱉은 카슈반은 아내의 손을 잡아끌며 걷기 시작했다.

알리시아는 갈피를 잡을 수 없는 표정을 지었다.

여전히 자리에 선 디네로는 계속해서 다른 사람들이 머물 방에 관해 조용한 목소리로 늘어놓고 있었다.

그 소리를 멀리서 들으면서 알리시아는 남편에게 반쯤 끌려가듯이 걷기 시작했다.

"카슈반 님? 왜 그러세요?"

아무리 아즈베르그의 현재 영주라고는 해도 카슈반이 지금 취하는 태도는 머물 곳을 빌리는 상대를 향한 예의가 아니었다.

역시 이상하다고 생각한 알리시아가 부르는 목소리에도 카슈반은 대답하지 않았다.

손님방이라는 말에서 추측할 수 있듯이 방은 다소 좁았지만 침대 정리가 완벽하게 돼 있었다.

실내에 들어서기가 무섭게 카슈반은 방 안에 놓여 있던 긴 의자에 앉아서 팔짱을 끼었다. 조금 딱딱한 등받이에 몸을 기대고 후우 크게 숨을 내쉬고는 눈을 감았다.

알리시아는 억지로 잡아끄는 카슈반에게서 겨우 해방되었다.

오랫동안 사용하지 않은 탓에 약간 곰팡내 나는 공기로 가득 찬 실내는 물론, 어두운 창밖에 펼쳐진 풍경을 보고 환성을 질렀다.

"예뻐라."

손님방 위치를 장미 정원 쪽으로 맞췄을까. 손님방 위치에 맞춰 장미 정원을 만들었을까. 어느 쪽인지는 알 수 없었지만 예의 장미 정원은 두 사람이 묵을 방 바로 밑에 펼쳐져 있었다.

알리시아는 자신도 모르게 창문을 열고 밑을 내려다보았다.

긴 머리카락과 가슴팍에 늘어뜨려진 수호석 주머니를 농밀한 장미향을 머금은 바람이 살랑살랑 흔들었다.

달빛에 요염하게 빛나는 심홍색 장미 정원은 연애 소설 무대로도 잘 어울리겠지만, 공포 소설 무대로도 제격이었다.

그때 뒤에서 카슈반이 의자에서 일어섰다.

움직임을 알아차린 알리시아는 뒤돌아보았다.

카슈반은 알리시아 등 뒤를 그대로 지나쳐 망토를 벗고 방구석에 놓여 있는 커다란 침대 위에 아무렇게나 드러누웠다.

"카슈반 님, 벌써 주무시게요?"

"……아니. 저 의자에 앉아 있고 싶지 않을 뿐이다."

그 말을 들은 알리시아는 방금 전 카슈반이 앉아 있던 긴 의자를 바라보았다.

창밖 풍경이 한눈에 보이고 창문에서 흘러드는 밤바람이 딱 와 닿는 위치였다.

"그러고 보니 카슈반 님은 장미를 싫어하셨지요. 신경 쓰지 못해서 죄송해요."

알리시아는 생각이 닿았다면 한층 더 잠자코 있었으면 좋았을 사죄하는 말을 순순하게 카슈반에게 전했다.

창문을 닫고 커튼까지 치는 소리를 들은 카슈반은 침대에 드러누운 채 낮은 목소리로 중얼거렸다.

"봐도 돼. 넌 보고 싶잖아."

"그렇지만 카슈반 님은 보고 싶지 않으시잖아요. 나중에 혼자서 얼마든지 볼 수 있는 걸요."

그렇게 말하면서 웃은 알리시아가 총총총 남편 곁으로 다가왔다.

"우후후. 하지만 처음이네요. 카슈반 님과 한방에 묵는 건."

돈으로 사들인 신부.

그 단어에서 연상되는 만큼 차갑게 식은 관계는 아니었다.

두 사람은 최근에는 형제나 부모 자식처럼 훈훈한 애정을 매일 주고받았다. 그 외에는 겨우 손이나 머리카락을 만지는 정도.

"……그렇군. 덧붙여 침대는 하나밖에 없다. 부부라는 점을 생각하면 당연하겠지만."

"그러네요. 이 저택은 별로 넓지 않은 걸요……. 실례하겠습니다. 서방님."

루아크를 포함한 세 사람은 지금쯤 어떤 상황일까 생각하면서 알리시아는 자신도 침대 위로 올라갔다.

카슈반은 약간 놀란 얼굴을 했지만 아직 어린 아내에게 다른 뜻이 있을 리 없다는 사실을 이해한 모양이다.

별다른 행동을 하는 일 없이 드러누운 채로 움직이지 않았다.

"역시 주무시려나요?"

벽에 걸린 촛대에서 타오르는 불을 가로막듯이 한 손으로 눈가를 덮은 카슈반을 보고 알리시아가 물었다.

"줄곧 마차를 타고 계셨으니까요. 피곤하시겠죠. 카슈반 님은 언제나 늦게까지 일하시니까 가끔은 일찍 주무시면 좋을 거예요."

"그러고 싶은데…… 이 향이."

작게 중얼거린 대답을 듣고 알리시아는 강아지처럼 코를 킁킁거렸다.

알리시아는 벌써 익숙해져서 거의 의식하지 않았지만 장미 향기는 창문을 닫았어도 실내에 강하게 남았다.

"장미향이 신경 쓰이시나요?"

"……아마도."

"괜찮으시다면 제가 코를 잡아드릴까요?"

무척 단순한 제안에 카슈반은 눈을 덮었던 손을 치우고 가까이 있는 아내 얼굴을 올려다보았다.

"하룻밤 내내?"

"예. 하룻밤 내내."

"……하룻밤 내내 계속 깬 상태로?"

"예. 카슈반 님이 잠드실 때까지…… 앗!"

방실방실 웃으며 정말로 코를 잡으려고 뻗어오는 알리시아의 손을 카슈반이 잡아챘다.

입가에는 어느새 여느 때 카슈반다운 조금은 짓궂은 미소가 떠올랐다.

"고마운 제안이지만 하룻밤 내내 코를 잡는다면 난 질식사하겠지. 요전부터 네게 살해당할 것 같다는 기분이 자꾸만 들어 막기 힘든데 말이지."

알리시아가 변함없는 태도를 보이자 다소 기운이 난 모양이었다.

'비료불요초'를 먹이니 어쩌니 하는 얘기를 누군가에게 들었는지 카슈반은 그렇게 말하며 알리시아를 끌어당겼다.

"꺅!"

작은 비명. 침대가 삐거덕거리는 소리.

충격에 얼굴에서 벗겨질 뻔한 안경을 고쳐 쓰면서 얼굴을 든 알리시아는 똑바로 누운 자신의 양 옆구리에 손을 대고 위를 덮친 남편을 보았다.

어렴풋이 흔들리는 촛불 빛을 받아 뚜렷하게 음영이 진 날렵하고 야성미 넘치는 얼굴.

디네로처럼 이 세상 사람이 아닌 듯이 보일 정도로 미색이 뛰어나지는 않았다.

그러나 카슈반의 날카로운 시선에는 그저 상대를 겁먹게 하는 힘만 담기진 않았다.

밤의 어둠을 응축해놓은 검은 눈동자에는 알리시아가 시선을 뗄 수 없을 정도로 흡인력이 있었다.

"말하자면 하룻밤 내내 꽃향기가 신경 쓰이지 않을 일을 하면 되지."

긴 손가락이 침대보 위에 흩어진 알리시아의 황갈색 머리카락을 매만졌다.

머리카락에는 신경 따위 통할 리가 없었고, 또 평상시 쓰다듬을 때처럼 직접 머리를 만지지도 않았다.

그런데 왜일까.

카슈반의 손가락 움직임이 느껴질 때마다 얼굴이 빨갛게 물들었다.

심장이 두근두근 매우 빠르게 뛰었다.

피부에 땀이 배었으며 무의식중에 눈을 깜빡거렸다.

마음에 드는 공포 소설 절정 부분에서 자주 맛보는 감각에 가까웠다.

하지만 카슈반은 자신의 남편이었다.

또 무섭다는 말을 소문으로는 들었지만 알리시아에게는 그렇게까지 무서운 상대가 아니었다.

"자, 부인. 다른 사람 저택에서 초야를 보내는 것도 아즈베르그의 폭군이라고 불리는 남자에게 어울리는 일이라고 생각하지 않나……?"

머리카락 끄트머리에서 뿌리 부분으로 미끄러져 온 손가락이 곧 귓불을 스칠 정도로 가까워졌을 때였다.

"……배……."

저도 모르게 알리시아는 꺼져 들어가는 목소리로 호소했다.

"배가, 아프기 시작했어요……."

"……배가 아파?"

카슈반은 손을 멈추고 입가에 띤 미소도 지운 채 걱정스러운 표정을 지었다.

"왜 그러지? 배를 아프게 할 만한 음식은 먹지 않았을 텐데. 애초에 그런 먹거리가 내 영지 안에 있으리라 생각하지 않지만…… 괜찮은가? 얼마나 아프지?"

머리카락에 닿아 있던 손가락이 뻗어와 평평한 배를 살짝 문질렀다.

그것만으로도 알리시아는 또다시 조금 전 감각이 강해지는 것을 느낄 수 있었다.

미묘하게 손가락에서 도망가려는 자세를 취하면서 대답했다.

"만지면, 안 돼요……. 수호석, 아래. 근처가…… 아파서…… 꽉 죄어드는 것, 같아서……."

"수호석 아래?"

그 말을 들은 카슈반은 누워 있는 알리시아의 몸 위에 아슬아슬하게 올라타 있는 작은 주머니를 보았다.

수호석은 카슈반이 만지는 복부보다도 조금 위쪽에 놓여 있

었다.

조금 더, 아주 조금이지만 배보다는 조금 부풀어 오른 장소였다.

"―알리시아. 어떤 식으로 아프지? 베인 것 같은가, 아니면 세게 얻어맞은 것 같은가?"

뭔가 알아차린 기색으로 카슈반이 엄한 비유를 들자 알리시아는 수호석이 든 주머니를 꽉 쥐었다.

"아, 아프다고 할까…… 괴롭다고 할까, 어쨌든 그 근처가 꽉 죄어드는 느낌이 들어서……."

꽉 죄어든다는 느낌을 손으로 표현이라도 하듯 알리시아는 가느다란 손가락으로 딱딱한 돌을 꽉 쥐었다.

"마, 만지지 말아주세요, 카슈반 님. 카슈반 님이 만지시면 저, 한층, 한층 배가…… 카슈반 님?"

큭큭 웃음소리가 새어나오는 것을 알아차리고 알리시아는 살짝 시선을 들어 올렸다.

카슈반은 침대 위에서 몸을 일으키고는 소리를 죽여 웃었다.

여느 때처럼 입꼬리를 살짝 끌어올리는 웃음이 아니라 정말로 우스운지, 정말 기쁘게 웃고 있었다.

"알리시아, 아픈 곳은 배가 아니야. 더불어 그 감각은 보통 아프다고 표현하지 않는다."

쿡쿡 웃음을 억누르면서 카슈반은 당혹스러워하는 알리시아의 머리를 풍풍 가볍게 두드렸다.

"……배를 아프게 해서 미안했다. 오늘 밤엔 더는 배가 아프지 않을 거다. 나도 잘 테니, 너도 이대로 쉬어도 좋아."

그렇게 말하면서 카슈반은 아직 알리시아의 목에 걸린 수호석 주머니를 벗겨 침대 머리맡에 놓아주었다.

그때 살짝 닿은 카슈반의 손가락조차도 아직 남아 있는 '배가 아픈' 감각을 자극했다.

희한하게도 싫지는 않은 감각을 느끼면서 알리시아는 작은 목소리로 물었다.

"저…… 카슈반 님. 장미향은, 이제 괜찮으신가요……?"

"그래. 덕분에 별로 신경 쓰이지 않아. ……고맙다."

훗 눈으로만 웃은 카슈반은 정말로 그대로 잠을 잘 생각인 것 같았다.

이불을 걷고 침대 안으로 미끄러져 들어가고는 이어서 알리시아를 옆으로 불러들이려 했다.

"저…… 기, 죄송합니다. 저, 잠옷으로 갈아입을 거예요. 카슈반 님은 그 차림 그대로로 괜찮으신가요?"

"그래. 나는 곧잘 이러고 자곤 하니까."

망토를 벗었을 뿐인 차림이라 카슈반은 옷을 껴입은 상태였다. 그러나 새삼 옷을 갈아입기도 귀찮아진 모양이었다.

카슈반을 놔두고 침대를 빠져나온 알리시아는 옷과 다른 물건을 담은 가방을 열고 잠옷을 꺼내 들었다.

"고개 돌리고 있어 주셔야 해요."

돌아본 알리시아가 하는 말을 듣고 카슈반은 놀랐다는 얼굴을 했다.

또다시 쿡쿡 웃기 시작하는 남편을 알리시아는 의아한 얼굴로 바라보았다.

"어머. 아즈베르그에서는 아내가 남편에게 옷 갈아입는 모습을 보이는 관습이 있나요. 그렇다면."

"아니…… 그게 좀 창피한 일이라는 사실을 아는구나 생각했지. 알았다. 고개 돌릴 테니까."

그 말을 듣고 알리시아는 부스럭거리며 옷을 갈아입기 시작했다.

안경을 벗어 수호석 주머니 옆에 놓았다.

그리고 다시 자신 쪽으로 고개를 돌린 카슈반 옆으로 왠지 두근두근한 가슴을 안고 미끄러져 들어갔다.

처음에는 싸늘했던 이불 속이 두 사람 체온으로 눈 깜짝할 사이에 따뜻해졌다.

안락한 느낌에 꾸벅거리면서 알리시아는 주인에게 바싹 달라붙어 어리광을 피우는 새끼 고양이처럼 몸을 동그랗게 말고 잠이 들었다.

[제3장] 예기치 않은 신혼 생활

아침 이슬을 머금은 장미꽃 사이를 옅은 금색 머리가 일정한 속도로 나아간다.

완전히 눈에 익은 아침 풍경을 창밖으로 바라보며 옷을 다 갈아입은 알리시아는 아직 침대에 누운 카슈반에게 말을 걸었다.

"카슈반 님. 아침이에요."

"그래······."

졸린 듯한 목소리를 낸 카슈반이 커다란 침대 위에서 꾸물꾸물 몸을 일으켰다.

잠자느라 다 흐트러진 검은 머리를 손으로 적당히 빗으면서 하품을 눌러 죽였다.

"······저 녀석이 벌써 여기까지 왔나. 좀 늦잠을 잤군. 이런."

침대에서 내려와 알리시아 옆으로 다가온 카슈반이 아침에 비치는 청정한 빛에 얼굴을 찡그리며 중얼거렸다.

저택 주인인 디네로는 언제나 장미 정원을 손질하며 아침을 시작한다.

죽 늘어선 장미 사이를 손님방에서 봤을 때 오른쪽 아래에서부터 순서대로 나아간다.

체재 5일째.

시계 공작이라는 별명대로 디네로는 시각에 맞춰 정확한 움직임을 보였다.

시계 공작이 있는 위치로 시간을 재보는 일도 벌써 익숙해졌다.

그때 방문이 기세 좋게 열리고 요 며칠간 일상이 된 시간을 알리는 목소리가 손님방 한가득히 울려 퍼졌다.

"시계 공작은 벌써 저 위치에 있답니다! 잘 주무셨나요? 주인님. 다행이다. 어젯밤에는 푹 잘 주무셨나 보네요."

이른 아침부터 기합이 빡 들어간 노라의 목소리를 듣고, 이제 막 일어난 카슈반은 두통이라도 나는지 이마에 손을 대며 한숨을 쉬었다.

하지만 노라는 계속 밤샘하느라 살짝 충혈된 눈을 재빨리 움직여 강공작 부부에게 바람직하지 않은 변화가 일어났는지 상태를 관찰했다.

디네로 저택에 도착한 첫날 밤.

손님 전속 하녀로서 별실에 있던 노라는 카슈반과 알리시아가 한방에서 잤는데도 루아크의 예상을 뛰어넘고 아무 반응도 보이지 않았다.

그날 카슈반이 마치 전기를 띠는 듯이 따끔따끔한 공기를 계속 발했기 때문이었다.

도저히 입을 열 수 있는 분위기가 아니어서 노라는 일단 얌전히 잠이 들었다.

문제는 다음 날 아침이었다.

상태를 보러 두 사람 방을 찾아간 노라가 본 풍경은 카슈반 팔에 안겨 쌔근쌔근 자는 알리시아의 모습이었다.

알리시아는 의미 불명인 괴성을 발하는 노라의 외침에 눈을 떴다.

"방금 절대로 인간이라고 생각할 수 없는 목소리가 들렸어!"

매우 기쁜 듯이 주위를 둘러보는 알리시아의 행동마저도 노라의 신경에 크게 거슬렸다.

"잘 잤어요? 노라. 어머나, 괜찮아요? 눈이 새빨개."

오늘 아침에도 느긋하게 남을 걱정해주는 말을 던지는 알리시아를, 노라는 핏발 선 눈으로 한층 더 빤히 여기저기 살펴보았다.

매일 밤 주인 부부가 머무는 침실 상황을 살피는 노라는 늘 잠이 모자라 보였다.

그런데 오늘은 여느 때보다 더 마님을 바라보는 눈초리가 한층 날카로웠다.

알리시아는 평상시처럼 생글생글 웃고 있었을 뿐이었다.

노라는 이런저런 이유를 대서 두 사람 방을 나누든가, 아니면 자신도 두 사람과 함께 이 방에 머물러야 한다고 주장했다.

그러나 정작 중요한 카슈반이 시침 뚝 떼는 얼굴로,

"방이 부족하니까 어쩔 수 없지 않나. 침대 정리를 해주면 좋지만 밤에는 네 방으로 돌아가."

이렇게 말하며 하녀가 부리는 꿍꿍이를 분쇄했다.

그러고 있자니 또 그림자 하나가 소리 없이 나타났다. 그리고는 알리시아를 여기저기를 살펴보는 노라 앞에 얼굴을 불쑥 내밀었다.

"그래. 기껏 아름다운 얼굴이 엉망이 됐네. 노라."

"꺄아아아아악?!"

지쳤기 때문일까. 약간 쉰 소리가 나는 비명에 루아크는 눈을 가늘게 떴다.

그러고는 바로 자신을 째려보는 노라를 보고 한층 더 즐겁게 웃었다.

"걱정하지 마. 어젯밤에도 두 사람 다 푹 자기만 했으니까. 이불 속에서 뭔가 한다면 나도 잘 모를 수도 있지만."

디네로 저택에서도 신출귀몰한 루아크는 이유는 알 수 없었지만 티르나드, 세이그람과 같은 방에 배정받았다.

아무래도 중요 인물이라 여겨지는 듯했다.

여하튼 항상 이곳저곳 열심히 돌아다니는 루아크는 카슈반과 알리시아가 머무는 방도 착실히 순회하는 모양이었다.

"지, 진짜……! 이곳은 사람이 사는 저택이에요. 절조도 없이 나타나지 말아요!"

괜한 사람에게 화풀이하며 노라가 비명을 쨍하니 울리자 카슈반은 한층 더 민폐라는 얼굴을 했다.

남편과는 대조적으로 말끔한 얼굴인 알리시아는 홀연히 나타난 은발 소년에게 말을 걸었다.

"어머, 잘 잤어요? 루아크. 다른 두 사람은?"

"일어났으리라 생각했는데, 지금 뭘 하고 있으려나……. 어이쿠. 저거, 도련님 아냐?"

창밖으로 얼굴을 향한 루아크가 장미 손질을 계속하는 디네로에게 다가가는 갈색 머리 젊은이를 발견했다.

"뭐하지, 저 녀석."

혀를 찬 카슈반은 완전히 잠이 깼는지 재빨리 옷을 갈아입었다.

재빠르게 다가온 노라가 손을 빌려주어 옷매무시를 가다듬기가 끝나자 카슈반은 성큼성큼 방을 나갔다.

조금 뒤 눈앞 장미 정원의 심홍색 속에 카슈반의 새카만 모습이 섞여들었다.

티르나드가 또 뭐라고 꽥꽥대는 듯했지만 내용까지는 확실히 알 수 없었다.

"뭘 하고 있을까. 카슈반 형님이야말로 뭘 하지?"

의미심장하게 루아크가 중얼거린 대로 디네로 저택에 온 뒤부터 카슈반의 행동이 어딘가 묘했다.

첫날 그렇게까지 노골적인 태도를 보였음에도 불구하고 카슈반은 무슨 영문인지 먼저 디네로에게 접근했다.

오늘은 마침 티르나드가 한발 앞서 이상한 행동을 시작했지만, 어제도 그제도 아침에 일어나자마자 카슈반은 장미 정원에 선 디네로에게 갔었다.

그런 주제에 디네로를 보는 얼굴은 빈말로도 친애의 정이 나타났다고 하기 어려웠다.

오히려 감출 수 없는 혐오감이 떠돌아서 어쩔 수 없이 말을 거는 식으로밖에 보이지 않았다.

상대가 디네로가 아니었다면 초저녁에 화를 내고 말았으리라.

한편으로는 카슈반도 상대가 디네로라서 그런 태도를 보였을지도 모른다.

"티르 도련님도 디네로 님이 기분 나쁘다고 여기면서 찰싹 달라붙고. 이상해. 아 싫어라. 다들 감추기만 하네. 나처럼 좀 더 마음을 열고 서로 허심탄회하게 이야기를 해야 해."

"……아무리 생각해도 가장 정체를 알 수 없는 인물이 잘도 그런 말을 하네요."

노라가 밉살스럽게 말하자 루아크가 되받아치려고 했다.

그 순간 다시 방문이 열렸다.

"안녕히 주무셨습니까. 강공작 각하, 마님."

"……안녕히 주무셨습니까."

낭랑한 목소리로 인사를 건넨 사람은 빈틈없이 옷매무시를 가다듬은 세이그람이었다.

뒤에서 울린 소극적인 목소리는 세이그람 등 뒤에 소극적으로 선 트레이스였다.

언뜻 보기에는 마치 주인과 집사로 보일 법한 두 사람은 아직도 조용한 싸움을 벌이고 있었다.

"안녕하세요, 알레이 님."

"안녕히 주무셨습니까, 알리시아 님. 괜찮습니다. 절 그냥 세이그람이라고 이름으로 부르셔도. 어차피 저는 가까운 시일 내에 라이센가를 모시게 될 테니까요."

아무 말 없는 트레이스를 완전히 무시한 채 세이그람은 방 안을 둘러보았다.

"그런데 강공작 각하는…… 그렇군요, 오늘은 벌써 장미 정원에 가 계십니까. 그렇다면 여러분, 저도 실례하겠습니다."

미래의 주인을 창밖에서 발견하기가 무섭게 뒤로 묶은 검은 머리카락을 마치 꼬리처럼 옆으로 나부끼면서 세이그람이 재빨리 발길을 돌렸다.

디네로는 가벼운 식사를 마친 후 바로 영지를 돌아보려고 외출한다.

분명히 카슈반도 디네로를 따라 외출하리라.

걷기 시작한 세이그람에게 길을 양보한 트레이스는 크게 숨을 토해냈다.

노라와 이유는 다르겠지만 잠을 그다지 못 자는 트레이스에게 알리시아는 걱정하며 말을 걸었다.

"안녕, 트레이스. 괜찮아요? 얼굴빛이 별로 좋지 않은데."

"……아뇨, 문제없습니다."

"그런가? 카슈반 형님과 수군수군 속닥대거나 세이그람 씨에게 비아냥을 듣거나 여러 가지로 고생이던데."

트레이스가 어떻게 행동하는지도 루아크의 관찰 범위였나 보다.

루아크가 날카롭게 지적하자 트레이스는 보기 드물게 조금 험악한 표정을 지었다.

그러나 트레이스는 뭔가를 말하고 싶은 얼굴을 했을 뿐 속내는 털어놓지 않았다.

루아크도 일단 추궁하는 손길을 늦추고 스리슬쩍 화제를 바꾸었다.

"카슈반 형님은 하는 일도 없이 지쳤네. 지금까지 너무 바쁘게 살아서 느긋함이 몸이 익숙하지 않은가 봐."

루아크와 똑같이 주인의 상태를 걱정하던 트레이스는 신묘하게 고개를 끄덕였다.

"……확실히 그래. 영지를 둘러보시거나 새로 발령할 법을 생각하시거나, 농민들 진정을 들어주시거나, 매일 쉴 틈도 없이 일하셨거든……. 여기 방문하려고 처리할 수 있는 일은 몽땅 처리하고 나와서 더 그렇지."

카슈반은 평상시 해가 보일 때는 저택에 돌아오지 않는 생활을 했다.

그런데 갑자기 아즈베르그 공작가를 방문하기로 정해서 일정을 비우느라 상당히 무리했다.

그렇게 바쁘게 지내던 사람이었기에 여기서도 열심히 시간을 보내기는 했다.

손님으로서 예의 바른 듯 은근히 건방진 태도를 보이면서 아즈베르그 공작가 고용인에게 시중을 받고, 매일같이 정해진 일상을 보내는 디네로와 동행한다.

아무리 시간을 보내도 남아도는 모양인지 밤에는 알리시아가 가져온 공포 소설책 페이지를 팔랑거릴 정도로 한가했다.

"모처럼 휴식을 취할 기회니 잠시 한숨 돌리셔도 좋을 텐데. 좀처럼 못 그러시지. 알리시아 님과 마주치는 기회가 늘어나서 부부의 시간이 늘어나서 그나마 다행이지만……."

"전혀 다행스러운 일이 아니에요!"

짱알거리며 외치는 노라를 보며 알리시아는 예의 '배가 아픈' 감각을 떠올리고 얼굴을 살짝 붉혔다.

애인 지원자인 하녀와 이름 높은 암살자가 지켜보는 상태에서 카슈반도 할 마음이 들지 않는 모양이었다. 디네로 저택에 체재하는 첫날 밤에 했던 일 이상은 하지 않았다.

그러나 한가한 시간을 주체 못 하는 만큼 장난을 치며 스킨십할 기회가 늘어났다.

트레이스 말처럼 항상 바빴던 카슈반은 라이센 저택에 있을 때는 신혼다운 생활은커녕 알리시아와 제대로 이야기를 할 기회도 없었다.

디네로 저택에서는 함께 지내는 시간이 늘어나서 알리시아는 내심 기쁘게 생각했다.

마님과 하녀가 짓는 대조적인 표정을 곁눈으로 바라보며 루아크는 천천히 말했다.

"자— 이제 슬슬 가르쳐줘도 좋지 않을까, 트레이스 씨."

화제가 바뀌어서 안심했으리라.

조금 긴장이 풀린 표정이던 트레이스에게 루아크는 끄트머리가 살짝 올라간 커다란 눈을 위로 치켜뜨며 올려다보았다.

"이 시간에도 할 일이 점점 쌓여가는 아즈베르그 영주님이 왜 여기 체재할까. 전에 말이지, 디네로 님을 감시하는 녀석들이 있다고 가르쳐줬잖아. 은혜를 갚는다고 생각하면 되잖아."

"저도 듣고 싶어요, 트레이스. 카슈반 님은 저에게 아무것도 가르쳐주지 않으시는걸요."

노라도 갑자기 초조한 얼굴을 하는 트레이스를 한층 더 몰아붙였다. 팔짱을 끼고 풍만한 가슴을 내보이는 자세를 취했다.

"거기다 하필이면 아즈베르그 공작가라니⋯⋯. 트레이스도 사실 여기 머물기 싫죠?"

"어머, 왜요?"

옆에서 알리시아가 의아해서 중얼거렸다.

"트레이스, 노라. 분명히 카슈반 님이 여기 오시고 기분이 안 좋아 보이세요. 장미꽃도 신경 쓰인다고 하시고요. 그래도 저택으로 돌아가려고 하지는 않으세요. 왜 그러시죠?"

단도직입적인 질문에 트레이스와 노라는 얼굴을 마주 보았다.

특히 실수로 쓸데없는 소리까지 지껄인 노라는 에헴 헛기침을 하고는 작은 체구인 마님을 내려다보듯이 몸을 앞으로 굽혔다.

"주인님이 하시는 일에 참견해서는 안 됩니다. 마님은 그저 주인님이 이 저택도 시계 공작님도 장미 정원도 싫어하신다고만 아시면 됩니다. 아시겠어요? 앞으로도 카슈반 님 기분을⋯⋯."

"이 저택이 마음에 들지 않으신다면 얼른 나가주시면 됩니다."

위엄이 깃든 노인 목소리가 노라의 충고를 가로막으며 울려 퍼졌다.

움찔해서 뒤를 돌아본 트레이스 바로 뒤에 어느새 지나치게 마른 노인이 서 있었다.

디네로 저택 가령이라고 칭하는 리드렉은 손자 정도 연배인 젊은

이들을 조용히 바라보면서 말했다.

"여러분이 뻔뻔하게도 남의 저택에 장기간 눌러앉은 통에 저희가 괴롭습니다. 전 영주인 하르바스트며 라이센이며 자칭 이 땅의 영주들은 아즈베르그가에서 뭐든 빼앗기만 하는군요."

어조는 매우 덤덤했다.

하지만 그만큼 뿌리 깊은 분노를 느끼게 하는 공격적인 말이었다.

쥐 죽은 듯이 조용해진 방 안에 또다시 알리시아가 단도직입적으로 질문을 했다.

"하르바스트는 선대 영주님 집안이죠. 카슈반 님 아버지대에서 끝난. 그분들이 무엇을 빼앗아가셨나요?"

"하르바스트 가는 아즈베르그가 영주 권한을, 라이센 공작 부친은 지나 아가씨를 빼앗아가셨습니다."

지나라는 이름에 트레이스가 얼굴을 굳혔다.

카슈반의 아버지가 열렬히 사랑했던 장미에 미친 부인 이름이었다.

그리고 '하르바스트 장미 저택' 일화에서 첫 번째로 등장하는 희생자인 여자였다.

"······빼앗지는, 않았을, 것입니다. 레······ 레디오르 님은, 정식으로 지나 님께 구혼하셨고, 부인으로 맞이하셨다고······."

카슈반의 아버지, 레디오르 하르바스트는 정실인 지나를 죽인 후 정신이 붕괴했다.

장미를 향한 광기에 물든 레디오르는 닥치는 대로 저택 뒤편에 조성한 장미 정원에 여자를 묻었다.

그중에는 카슈반의 어머니인 마리안느와 라이센과 트레이스의 누나도 포함되었다.

이곳에 감도는 장미향에 카슈반과 트레이스가 명백히 혐오감을 드러내도 무리가 아니었다.

장미에 관한 수많은 참극이 떠오르기 때문이다.

레디오르라는 이름을 언급할 때 트레이스는 복잡한 빛을 띤 표정을 지었다.

지나 부인에 관해서도 안 좋은 기억이 있는 모양이었다.

그러나 트레이스가 더듬더듬 늘어놓는 반론을 리드렉은 변함없는 어조로 일축했다.

"그쪽 저택에서 어떻게 이야기를 맞췄는지는 모릅니다. 하지만 우리는 벼락출세한 그 남자가 지나 아가씨를 노리고는 억지로 낚아채 갔다고 인식합니다."

리드렉 노인 견해로는 카슈반은 물론 레디오르까지 벼락출세한 영주였다.

지방백이 아닌 이상, 역사가 오래된 영주 가문이 아니므로 아주 틀린 견해는 아니었다.

"지나 님은 장미꽃을 무척 좋아하시는 무척 순수한 분이셨습니다. 세속의 때에 물들지 않게 소중하게 키워온 그분을 레디오르라는 남자가 채 갔습니다. 우리는 적어도 그렇게 인식합니다."

겸허함을 가장하면서 고압적인 어조로 리드렉은 한층 더 대담하게 발언했다.

"아즈베르그의 땅은 아즈베르그 공작가의 것. 저희 주인님이야말로 이 땅의 영주가 되실 분입니다."

트레이스의 표정이 굳었다.

다시 뭔가를 말하기 전에 리드렉은 불현듯 알리시아에게 시선을 옮겼다.

주름이 팬 작은 눈에 향수에 가까운 감정이 한순간 떠올랐다가 사라졌다.

"알리시아 페이트린 님. 고귀한 지방백의 피를 이은 당신은 원래대로라면 우리 주인님의 신부가 되실 분이었는데."

굳이 처녀 때 성으로 알리시아를 부른 리드렉은 그때야 생각이 난 듯이 머리를 깊게 숙였다.

"주제넘은 말을 했습니다. 죄송합니다. 실례하겠습니다."

리드렉은 등줄기를 꼿꼿하게 세우고는 자리를 떠났다.

다들 생각지도 않게 자세가 바른 노인의 뒷모습을 배웅한 뒤 루아크가 툭 중얼거렸다.

"혹시 저 할아버지, 지나라는 사람을 모셨을까."

나이로 볼 때, 리드렉은 지나가 이 저택에서 살았을 때부터 가령으로 일했어도 이상하지 않았다.

아즈베르그가에서 영주의 지위를 빼앗은 가문의 남자가 일가 아가씨까지 데려갔다.

마음이 복잡하지 않을 수 없다.

더불어 카슈반은 외모가 아버지와 똑 닮았다.

카슈반 본인은 외모가 닮아서 싫어하지만, 그 점이 리드렉 노인의 신경을 건드린다는 사실도 쉽게 상상할 수 있었다.

"이곳도 제 생가와 마찬가지로 몰락했죠. 여기서 일하는 고용인들은 다들 분명히 디네로 님을 무척 좋아할 거예요. 라이센 저택에서 고용인이 카슈반 님을 좋아하듯이."

아즈베르그 저택에서 받을 수 있는 급여는 별로 많지 않을 것이다.

그런데도 지금까지도 이곳에서 일하는 이유는 디네로와 아즈베르그 공작가를 사랑하기 때문이 틀림없었다.

선대 영주인 레디오르의 포악에도 도망치지 않았고 아즈베르그의 폭군이라 불리고 적이 많은 카슈반을 모시는 라이센 저택 고용인과 마찬가지였다.

젊은 고용인이 거의 없는 이유도 아마 그렇기 때문이리라.

두 사람의 공통점을 찾은 기분이 들어서 왠지 알리시아는 기뻐졌다. 그리고 공통점이 별로 기쁘지 않아 보이는 트레이스에게 물었다.

"지나 님이라는 분은 이 저택에서 시집오셨군요. 그럼 저 꽃밭도 원래는 그분이 키우셨나요?"

알리시아가 확인하는 말에 트레이스는 체념하고 고개를 끄덕였다.

"……그렇습니다."

하지만 역시 트레이스는 그 이상은 말하지 않았다.

알리시아는 주저하는 얼굴을 지그시 바라보며 좀 더 이야기를 듣고 싶어 했다.

하지만 몸을 살짝 뺀 트레이스는 난데없이 그 자리에서 180도

뒤로 돌았다.

"더는 말씀드릴 수 없습니다. 부디 양해해주십시오……. 저는 볼일이 있어서 실례하겠습니다!"

트레이스는 자신이 압박에 약하다는 사실을, 특히 마님이 지나치리만큼 직접 요구하면 약해진다고 자각하는 모양이었다.

횡설수설 변명을 늘어놓고 리드렉이 사라진 방향과는 반대 방향으로 허둥지둥 달아나버렸다.

"어이쿠. 트레이스 씨 싸우지도 않고 도망쳤네. 바른 판단이라고 생각하지만. 저 사람을 너무 괴롭히면 궁지에 몰려서 무슨 짓을 할지 모르니까."

트레이스는 티르나드의 전 후견인 유란이 부추기는 바람에 한 번 주인을 칼로 찌른 적도 있었다.

그때 함께 카슈반을 찌른 티르나드를 놀릴 때마다 트레이스 쪽은 자해라도 해버릴 표정이었다.

덕분에 카슈반도 지금은 그때 이야기를 거의 입에 담지 않았다.

"흐응. 그만큼 뭔가 있겠지. 지나 아가씨 건도 있으니 카슈반 형님도 여기에 별로 가까이 오고 싶지 않았을 테니까."

루아크가 생각하고 또 생각해서 말했듯이 장미 정원에 관한 일은 카슈반에게는 금기다.

지나도 레디오르의 희생자다.

카슈반이 직접적인 원한을 가지는 대상은 아니리라.

그래도 지나라는 존재가 레디오르라는 남자가 지닌 정신의 톱

니바퀴를 어긋나게 한 것만큼은 틀림없었다.

"지나 님 얼굴, 혹시 디네로 님과 닮았을까요⋯⋯."

카슈반도 직접 본 적은 없었지만 대단한 미인이라 들었다고 말했다.

지나의 얼굴을 상상하면서 문득 노라를 본 알리시아는 의아한 표정을 지었다.

"노라?"

"아⋯⋯ 아, 예. 무슨 일이시죠?"

리드렉 노인이 사라진 방향을 보고 곰곰이 생각하던 노라가 퍼뜩 제정신을 차리고 되물었다.

"알리시아가 아니라 노라가 멍해지다니 별일이네. 아하앙. 뜻밖에 저런 할아버지가 취향이신가?"

"그럴 리 없습니다! 그럴 리 없잖아요⋯⋯. 어쨌든 실례하겠어요."

루아크가 농담을 걸자 강하게 부정하는 점까지는 여느 때 노라와 같았다.

그러나 이유는 알 수 없었지만 노라는 리드렉의 뒤를 쫓듯이 종종걸음으로 걷기 시작했다.

"⋯⋯이런 흐름이라면 그렇지? 하지만 디네로 님을 노려도 괜찮겠다고 말할 생각이었는데."

알리시아는 토끼 눈을 한 루아크와 나란히 서서 노라가 사라진 방향을 바라보며 다른 의견을 늘어놓았다.

"그러네요. 그렇지만 카슈반 님도 겉보기에는 33세 정도인 걸요. 리드렉 님 애인이 될 마음이 있다면 노라는 연상인 중후한 남성 취향일지도 몰라요."

알리시아는 제 어린 용모가 더해져 남편이 실제 나이보다 한층 더 연상으로 보인다는 사실을 알아차리지 못했다.

그런 알리시아의 가슴팍에서 수호석이 든 주머니가 흔들렸다.

다음 날 일어난 일이었다.

알리시아 혼자 있는데 어슴푸레하니 방문을 콩콩 두드리는 소리가 울렸다.

손님방 침대에서 남편이 돌아오기를 기다리던 알리시아는 납작한 가슴이 두근거리는 고동을 느끼며 문 쪽으로 가까이 갔다.

"어서 오세요……. 어머?"

이미 해는 졌고 주변에는 땅거미가 지고 있었다.

디네로가 영지를 순회하다 돌아올 시각이었으므로 따라서 카슈반도 돌아올 때였다.

그러나 예상을 뒤집고 문을 두들긴 사람은 리드렉이었다.

"밤중에 실례하겠습니다. 알리시아 님. 사실 주인님께서 알리시아 님께 긴히 드리고 싶은 말씀이 있다고 하십니다. 괜찮으시겠습니까?"

"디네로 님이? 예. 전 괜찮지만…… 카슈반 님은?"

"라이센 공작님께서는 한창 식사 중이십니다. 주인님은 방에서 기다리고 계시니 안내하지요."

알리시아와 다른 이들은 먼저 저녁 식사를 마친 후였다.

영지를 다 돌아본 끝에 식사하는 디네로에게 맞춰 카슈반도 매일 밤 저택 주인과 함께 식사했다.

알리시아도 그 사실을 알고 있었다.

"어머, 카슈반 님도 참 먹보시네요. 알았어요."

디네로가 방에 돌아갔는데도 아직도 먹는가. 알리시아는 자기 멋대로 그렇게 여기고 고개를 끄덕였다.

아무 경계심도 없이 방을 나선 알리시아의 뒷모습을 그늘진 곳에서 훔쳐보며 노라는 히죽 웃었다.

리드렉이 알리시아를 데려온 곳은 작은 저택의 2층에 있는 비좁은 방이었다.

1층에 있는 고용인 방과 비교해도 좁을 정도였고 문손잡이나 장식도 매우 조잡했다.

"어머나. 여기는 디네로 님 방이 아닌데요?"

카슈반은 알리시아에게 여기서도 멋대로 나가지 말라고 명령했다.

사신 공주 소문에 놀아난 사람들에게 쓸데없는 피해를 보지 않도록 배려했기 때문이었다.

신앙심 깊은 이 땅에서는 알리시아에게 붙은 무시무시한 소문이 공포의 대상이 될 수 있었다.

또 벼락출세한 영주를 적대하는 자에게는 명문가의 피를 이은 아내란 다른 의미로 부아가 치밀어 오르는 존재이리라.

이를 잘 알지만 덕분에 알리시아는 지루했다.

지루함을 저택 안을 촐랑촐랑 돌아다니면서 메웠기 때문에 아즈베르그가 저택 구조를 완전히 통달했다.

남의 저택이기 때문에 방마다 발을 들여놓지는 않았지만 어디가 누구 방인지는 파악한 상태였다.

"오늘은 이곳에서 기다리고 계십니다."

그렇게 말하고 리드렉은 안주머니에서 작은 열쇠를 꺼내 문에 난 열쇠 구멍에 밀어 넣었다.

명백히 밖에서만 잠글 수 있어 보이는 문을 열자 좁은 실내에 커다란 체구가 답답해 보이는 디네로가 있었다.

좁은 방 안에서 무릎을 꿇고 고개를 떨어뜨린 모습에 방이 한층 더 답답해 보였다.

벽에 그려진 날개의 문장을 향해 밤 기도를 올리던 디네로는 완만한 동작으로 일어섰다.

"알리시아."

달랑 하나만 놓인 촛대에서 일렁이는 불빛에 디네로의 무기질적인 미모가 둥실 떠올랐다.

그 모습이 환상적으로 보일지, 음산하게 보일지는 의견이 나뉠 것 같았다.

"안녕하세요, 디네로 님. 하고 싶은 얘기라니 뭐죠?"

줄곧 창고라고 생각했던 방 안에는 이유는 알 수 없었지만 침대가 하나 놓여 있었다.

호기심이 부풀어 오른 알리시아가 방 안으로 발을 들여놓자 등 뒤에서 문이 닫히는 소리가 났다.

"어머?"

알리시아가 돌아보았지만 눈에는 이미 닫혀버린 문만 비쳤다.

열쇠를 잠그는 소리와 리드렉이 자리를 떠나는 소리가 뒤를 이었다.

"어머. 정말로 전통적인 괴기 소설 전개예요."

"알리시아. 하고 싶은 얘기가, 뭐지?"

디네로가 한 박자 늦게 말하자 알리시아는 말하는 쪽을 돌아보며 눈을 깜빡깜빡했다.

"음, 그러니까 저는 디네로 님이 하실 얘기가 있다고 들었는데요."

"나는, 네가, 할 얘기가, 있다고, 들었다."

서로 어긋나게 아는 현재 상황에 관한 인식을 일단 확인했다.

디네로는 표정을 바꾸지 않았다.

"뭐, 상관없지. 마침, 이야기를, 하고 싶다고, 생각했으니까."

말하자마자 디네로는 작은 침대에 걸터앉고는 알리시아에게도 옆에 앉으라고 손짓했다.

알리시아도 조금 이상하다고 생각은 했다.

하지만 결과적으로 디네로는 알리시아에게 하고 싶은 말이 있었다.

그래서 알리시아는 잠긴 문을 열려고 시도해보지도 않고 디네로 옆에 달랑 걸터앉았다.

"라이센은, 어떤, 남자지?"

"카슈반 님 말씀이신가요?"

당돌할 뿐 아니라 상당히 범위도 넓은 질문에 알리시아는 솔직하게 생각에 잠겼다.

"에, 그러니까 서른세 살로 보이지만 사실은 훨씬 젊으시고 멋진 저택에 살고 계시죠. 부자에 관용적이신지라 제게 아무것도 할 필요가 없다고 얘기해주시기도 했죠……. 그리고 생각보다 먹보세요."

기존 정보에 조금 전에 얻은 정보를 섞어 넣으면서 알리시아는 생각나는 대로 말을 늘어놓았다.

"아즈베르그의 폭군이라고도 불리시고 때때로 어떤 분들 저택에 불을 지르기도 하세요. 그래도 사실은 상냥하고 좋은 분이시랍니다."

"그 얘기는, 들었다."

디네로가 맞장구를 쳐도 알리시아가 한 이야기 중에 어느 부분을 두고 한 말인지 판별하기 힘들었다.

디네로를 올려다보며 남편을 생각하던 알리시아는 문득 지금 카슈반은 어쩌고 있을까 생각했다.

디네로만큼은 아니지만 충분히 체격이 큰 몸을 유지하기 위해 카슈반도 나름대로 많이 먹는 편이었다.

그래도 식사 때마다 일일이 기뻐하는 아내를 보면 더 즐거웠나 보다.

노라가 예의 바르지 못한 짓이라고 질책해도 알리시아의 접시에 제 음식을 나눠주곤 했다.

그런 상냥함이 딸을 어떻게든 좋은 가문에 시집보내려고 분발한 끝에 세상을 떠난 알리시아의 부모와도 많이 닮았다.

카슈반이 음식을 덜어주면 알리시아 뱃속에 음식물도 가득 차지만 동시에 다른 종류인 따뜻한 온기도 가득 채워졌다.

하지만 지금 카슈반은 그저 기분 좋기만 한 온기로 알리시아의 배를 가득 채워주는 존재가 아니었다.

"저…… 그분의 곁에서 때때로…… 배가 아프곤 해요."

"아파?"

디네로도 보통은 알리시아와 유사한 공기를 방출하곤 했다.

그렇다 해도 알리시아가 말하는 바를 제대로 집어내기는 디네로에게도 불가능한 일이었다.

표정을 바꾸지 않은 채 되묻는 디네로 앞에서 알리시아는 혼잣말처럼 말을 이었다.

"어쩌면 카슈반 님에게 사람의 배를 아프게 하는 능력이 있으실지도 모르겠어요……."

"그런가. 나는, 아픈 적, 없었는데."

며칠간 디네로는 누구보다도 카슈반과 지내는 시간이 많았다.

자신의 배를 만져보면서 그렇게 말한 디네로는 물끄러미 알리시아를 바라보았다.

"그 녀석은, 아즈베르그를, 잘, 안다."

"이 저택 말씀이신가요?"

"토지, 말이다. 잘, 알더군."

가명이 아니라 아즈베르그 영지 전체를 두고 하는 말 같았다.

우리 집도 그랬지만 참 복잡하다 생각하면서 이야기를 듣는 알리시아에게 디네로는 말을 계속했다.

"나보다도, 잘, 알지도, 모르겠어. 이 부근, 작은 마을까지, 마을 관리가 누구고, 작물 수확은 어떤지 등등을, 잘 알았다."

카슈반은 매일 영지를 돌아보았지만, 아즈베르그 지방은 광대하다.

하루 만에 모든 곳을 다 돌아보기는 도저히 불가능하다.

디네로가 있는 저택에 오는 데에만 마차로 이틀이나 걸렸을 정도다.

그렇기에 보통 대관이나 관리를 각지에 두어 보고를 올리게 한다.

각 마을 상황을 대략적으로나마 기억하는 것만으로도 대단한 일이었다.

"안 좋은 이야기는, 많이, 들었다. 하지만, 그 녀석은, 영주로서, 자기 소임을, 착실히, 한다."

가령인 리드렉은 라이센가와 하르바스트 가에 명백한 증오를 품었다. 아즈베르그가에서 영주의 권한을 빼앗았다는 이유에서였다.

그러나 리드렉의 주인인 디네로는, 적어도 현시점에서는 카슈반에게 부정적인 감정을 드러내는 기색을 보이지 않았다.

"그렇답니다. 다들 이러쿵저러쿵 말하지만 카슈반 님은 좋은 영주님이세요. 디네로 님도 그분과 친하게 지내주세요."

알리시아는 기뻐서 옛날처럼 좋은 세상이었다면 이 땅의 영주였을 디네로에게 생긋 웃으며 그렇게 말했다.

디네로는 기분이 상한 기색도 없이 알리시아를 바라보았다.

그리고는 평평한 가슴 위로 늘어진 조악한 주머니에 시선을 멈추었다.

"그건?"

"수호석이에요. 카수반 님이 주셨답니다. 보시겠어요?"

목에 걸었던 주머니 입구를 열고 알리시아는 안에 든 돌을 꺼내 들었다.

돌에 포함된 갖가지 색 광물 결정체가 촛불 빛을 받아 반짝반짝 빛났다.

"대단하군. 잘도, 발견했어."

아즈베르그 지방에서 태어나고 자란 디네로는 돌의 가치를 누구보다도 잘 알고 있으리라.

디네로는 눈을 크게 뜨고 말했다.

알리시아는 마치 자신이 칭찬을 받은 듯이 후후 웃었다.

"그렇죠? 정말 아름다워요. 아즈베르그 땅에는 이런 돌이 잔뜩 떨어져 있다고 하더군요."

"돌은, 많지. 하지만, 이런 물건은, 많지, 않아."

중얼거리는 디네로의 눈에 몇 개인가 돌이 반사하는 빛이 비쳐들어서 반짝반짝 빛났다.

디네로의 눈동자는 원래 색이 옅은 덕분에 돌에서 뿜어낸 색채에 쉽게 물들었다.

그런 눈동자에서는 속내를 읽기 어려웠다.

"그 녀석은, 너의, 좋은, 남편이군."

문득 커다란 손이 뻗어왔다.

알리시아의 머리를 한 손으로도 간단히 쥘 수 있을 정도로 큰 디네로의 손가락이 머리에 얹혔다.

"조금, 유감이야."

머리를 쓰다듬는 방법에도 개성이 나타나는 모양이었다.

카슈반은 스리슬쩍 머릿결을 흐트러뜨리지 않도록 조용히 손을 미끄러뜨렸지만 디네로는 알리시아의 머리카락을 헝클어뜨리면서 같은 속도로 계속 머리를 쓰다듬었다.

그러나 손에서 전해지는 온기는 카슈반과 마찬가지로 따뜻했다.

차가운 돌을 두드려 만든 듯 조각 같은 외모와 정반대로, 당연하다면 당연한 온기였지만 기뻤다.

알리시아는 머리카락이 엉망진창이 되도록 놔두면서 생긋 웃었다.

"자, 거기까지."

제삼자의 목소리가 떨어져 내렸다.

돌아본 두 사람 눈에 천장 끄트머리에서 방을 들여다보는, 밤에도 눈부신 은색 머리카락이 비쳤다

아무래도 다락방 바닥을 뜯어내고 안을 들여다보았을 그림자는 별로 힘든 기색도 없이 그대로 실내에 뛰어내렸다.

고양이처럼 소리도 내지 않고 착지한 자는 외모도 성격도 고양이를 연상시키는 은발 소년, 루아크였다.

"어머 루아크. 당신도 누구랑 이야기하러 왔나요?"

"흐응. 그런 이유로 불려왔구나. 에휴, 노라도 포기를 모르는 성격이라니까."

느긋한 알리시아에게 적당히 맞장구를 치면서 루아크는 잠긴 문으로 다가갔다.

손잡이에 손을 뻗으려는데 밖에서 요란한 소음이 들리면서 문 전

체가 크게 흔들렸다.

"여차. 이—봐요. 너무 성급하게 굴지 말라고, 형님. 괜찮아. 아직 아무 짓도 안 했어."

그렇게 말하면서 루아크는 문손잡이에 난 열쇠 구멍에 눈을 가까이 갖다 대고 소곤소곤댔다.

"아, 뭐—야. 내부는 뜻밖에…… 엇차. 예이예이. 알겠—으."

루아크가 밖에서만 열 수 있는 문의 열쇠를 돌렸다.

문이 열리기가 무섭게 밖에 있던 그림자가 성큼성큼 방 안으로 들어왔다.

문에 팬 구두 자국은 조금 전에 잠긴 문을 밖에서 걸어차서 생긴 모양이었다.

"어머나 카슈반 님. 벌써 배가 다 차셨나요?"

거친 발소리를 내며 방 안으로 들이닥친 카슈반은 알리시아가 묻는 말에도 대답하지 않았다.

"알리시아 님! 무사하십니까?!"

카슈반의 등 뒤에 있던 트레이스가 여느 때와 전혀 변함없는 모습의 마님을 보고 안도의 한숨을 토해냈다.

그런 상황에 이르러서도 카슈반은 여전히 아무 말도 하지 않은 채 험악한 눈초리로 침대에 앉은 두 사람을 쏘아보았다.

시선을 받고도 여전히 아무 말도 하지 않던 디네로가 일어섰다.

원래 아즈베르그 사람들은 체격이 좋다.

그중에서도 디네로는 한층 더 체격이 좋아 키가 큰 카슈반보다 머리가 반 개는 더 컸다.

지금이라도 머리가 천장에 닿을 거구의 남자는 카슈반을 물끄러미 바라보며 말했다.

카슈반은 누군가가 자신을 내려다본 경험이 적기 때문인지 싫은 표정을 짓고 있었다.

"나는, 배는, 아프지 않아."

"……무슨 소리냐?"

알리시아와 디네로가 배에 관해서 이야기를 나누었다는 사실을 모르는 카슈반은 상황을 이해하지 못했다.

그리고 카슈반이 볼 때 상황을 이해하지 못하는 사람은 오히려 이 두 사람이었다.

"이봐. 사신."

"도중부터 밖에 못 봤지만 괜찮아. 디네로 님도 알리시아도 형님을 칭찬하고 있었어. 뭐, 굳이 무슨 일이 있었다고 말하자면 알리시아의 머리가 엉망진창이 된 정도?"

루아크의 보고를 듣고 카슈반은 디네로가 헝클어뜨린 알리시아의 머리카락을 보았다.

알리시아가 제 머리에 손을 가져가려고 했으나, 그보다 빨리 카슈반이 손을 붙잡았다.

"너는, 신을, 믿지 않는 것이, 아니었던가?"

돌연, 질문을 시작한 사람은 디네로였다.

한쪽 눈썹을 치켜세운 카슈반에게 디네로는 일정한 리듬을 흐트러뜨리지 않고 거듭 질문했다.

"'날개의 기도'는 믿지 않는다고, 들었다. 그런데, 수호석을, 선물

하는가?"

알리시아가 방을 찾아왔을 때, 디네로는 날개의 문장을 향해 밤 기도를 올리고 있었다.

아즈베르그 지방 사람들은 신심이 깊다고 들었기 때문에 알리시아는 크게 신기하게 생각하지 않았다.

아마 이곳이 페이트린이었다면 "성실한 분이네"라고 감탄했을 것이다.

지금은 '날개의 기도' 권위가 바닥까지 떨어진 상태였다.

그래서 결혼식이나 장례식 등 인생에서 중대사가 아닌 한 사람들은 매일같이 종교적 의식을 행하지 않았다.

딸에게 신부수업을 열심히 시키던 알리시아의 부모조차 그랬다.

벼락출세한 귀족에게까지 싸게 팔리는 날개에 일부러 기도할 필요는 없다고 거리낌 없이 공언하곤 했었다.

"나는 신을 믿지 않는다. 인간에게 도움이 되지 않는 신 따위 아무 의미도 없어."

갑작스러운 질문에 미간을 가볍게 찡그렸지만 카슈반은 확실하게 반응했다.

화제가 종교에 관련된 내용이기 때문이었다.

"하지만 믿는 인간이 있다는 사실은 안다. 그 녀석들에게 얼마나 중요한지도 알지. 그러니까 내 영지 내에서 '날개의 기도'를 믿어도, 수호석을 믿어도 금지하지 않는다."

유란이 이끄는 '날개의 기도' 교단 때문에 하마터면 살해당할 뻔했다.

그래도 카슈반은 가르침을 금지하는 종류의 법을 발령하지 않았다.

신심 깊은 이 땅에서 금지해도 역효과만 불러일으키리란 예측도 물론 있었다.

하지만 지금 한 말도 진심이리라.

트레이스도 매일매일 기도를 빠뜨리지 않지만 카슈반은 아무 말도 하지 않았다.

카슈반이 대답하자 디네로는 침묵했다.

그러다가 이윽고 남편에게 손을 붙잡힌 알리시아를 보고 중얼거렸다.

"미안했다. 그녀에게. 화를 내지 말아줬음, 좋겠군."

"……알고 있다."

카슈반은 한마디로 응수하고 알리시아의 손을 끌고 밖으로 나갔다.

두 사람 뒤를 쫓아 트레이스와 루아크도 걷기 시작했다.

그렇지 않아도 사람이 없는 곳이었는데 어느새 한밤중이었다.

쥐 죽은 듯 조용한 저택에서 어슴푸레한 복도를 네 사람은 함께 나아갔다.

"음— 아까 그 방 반성실 같은 느낌이었지, 트레이스 씨. 밖에서 문을 잠그도록 해놨어. 귀족님들 저택에는 수상쩍은 시설이 종종 있잖아. 아하하하하."

경직된 공기를 풀어보려는지 루아크가 아무래도 좋은 일을 떠들기 시작했다.

"하, 하하. 그렇지, 루아크. 나도 하르…… 아니, 라이센 저택에서 막 일하기 시작했을 때 여러 가지 실수를 해서 감옥에 갇힌 적이 있었지. 하하하하하."

트레이스까지 보기 드물게 루아크와 합심해서 위험한 단어를 피하며 열심히 일상적인 대화를 주고받았다.

그러나 카슈반은 대답하지 않았다.

분위기를 잘 파악하진 못했지만 알리시아가 카슈반을 향해 솔직하게 사죄했다.

"카슈반 님. 죄송합니다. 음 얘기가 잘 전달되지 않았나 봐요."

"안다. 너한테 화가 나지는 않았으니 안심해."

'교활한 늙은이'라든가 '자기 주인을 가두나, 보통'이라든가 뭐라고 입안으로 중얼중얼거리는 카슈반은 여전히 표정이 험악했다.

"카슈반 님. 디네로 님에게도 화내지 말아주세요. 좀 별난 분이시지만 분명히 좋은 분이에요."

"응. 나도 그렇게 생각해, 형님. 리드렉 할아버지는 적의가 굉장하지만 디네로 님은 아니잖아. 우리가 머무는 기간도 제대로 안 정했는데 싫어하지도 않고 계속 묵게 해주잖아."

사신 공주와 사신 소년이 디네로를 옹호하자 카슈반은 지친 듯이 가볍게 눈을 감았다.

"—그것도 안다."

그때까지는 매우 빠르게 걷던 카슈반이 자리에 멈춰 서더니 내친

김에 알리시아의 손도 놓아주었다.

마음을 진정시키는 의식처럼 아내의 흐트러진 부드러운 머리카락을 손끝으로 고쳐주면서 중얼거렸다.

"요 며칠, 한나절 내내 함께 있었으니까. 틀림없이 별난 녀석이고 짜증이 날 때도 잦아."

미묘한 단어를 선택해 이야기를 매듭짓고 카슈반은 희미하게 시선을 돌리면서 말을 이었다.

"하지만 그 녀석은 제 영지와 영민을 사랑한다. 마찬가지로 사랑받고 있지."

남겨진 좁은 영지 안을 시계 공작이라는 별명이 붙을 정도로 매일 돌아보는 디네로.

말수가 적고 무표정하고 무엇을 생각하는지 알 수 없는 미청년.

영민들은 디네로가 돌아다니는 모습을 기준으로 생활한다.

디네로 자신도 영민이 그렇게 생활하는지를 알고 매일 영지를 돌아보는 일을 빠뜨리지 않는다.

위에 선 자로서 아랫사람에게 존경받느냐고 묻는다면 절대 그렇지 않다.

하지만 둘 사이에는 생활 속에 녹아든 자연스러운 친애의 정이 오가고 있었다.

선대 영주가 방치하는 데에 익숙해져 안이해진 귀족들 소행을 고치려고 강행 정치를 시행하는 카슈반과는 사뭇 대조적인 모습이었다.

카슈반도 농민층에게 인기가 있기는 하다.

하지만 농민이라고 일률적으로 상냥하게 대하진 않았다.

귀족이 가진 권력에 편승해 같은 농민들보다 쥐꼬리만큼이라도 우대받던 자들.

또 카슈반이 하녀의 피를 이었고 벼락출세한 영주라고 바보 취급하며 아무렇지도 않게 세금을 체납하는 자들에게는 가차 없이 특권을 거둬들였다.

때로는 피를 보는 엄벌을 내리기도 했다.

"솔직히 이제 영주도 아닌 주제에라는 기분이 들기도 해. 하지만…… 그 녀석에게는 배울 점이 있을지도 몰라."

조금 분한 듯이 말한 카슈반과 루아크의 눈이 문득 동시에 복도 저편을 바라보았다.

"……또 시끄러운 녀석이 왔군."

신음하듯 카슈반이 말을 흘리기와 동시에 밤이라는 시간에 전혀 개의치 않는 커다란 목소리가 접근했다.

"라이센! 이봐, 제길. 기다리라니까!"

"레이덴 백작님. 세이그람 님도. 안녕하세요."

"아, 아, 알리시아 님. 저, 어, 좋은 밤입니다."

하아하아 숨을 거칠게 몰아쉬며 다가와서 부자연스럽게 인사를 한 사람은 티르나드였다.

막 식사를 마치고 달려온 탓일까.

옆구리를 감싸 쥐는 티르나드를 보면서도 카슈반은 차가운 눈을 했다.

"어떻게 되었나, 세이그람. 이 녀석을 잘 붙들어 두라고 말해뒀을 텐데."

티르나드 뒤로 조금 늦게 쫓아온 세이그람은 천연덕스러운 얼굴로 대답했다.

"죄송합니다, 강공작 각하. 이 도련님, 과연 당신이 후견을 해주실 정도로는 지혜를 지니고 계시더군요. 신묘한 얼굴로 제 이야기를 듣고 싶다고 하시는 바람에 저도 모르게."

다른 사람들보다 배는 더 말이 많은 세이그람의 성질을 이용해 길게 말을 늘어놓는 틈에 탈출을 꾀한 듯했다.

더불어 세이그람 자신도 티르나드를 지키는 시시한 일을 하고 싶지 않다는 마음도 있었으리라.

"흥. 변명을 늘어놓다니. 내 수법에 제대로 걸렸다는 뜻 아니겠어! 아주 깨소금 맛이다!"

"뭐가 깨소금 맛이냐. 이 꼬마 도련님. 오지 말라고 했는데 왜 쫓아왔나. 얌전히 세이그람에게 맡겨두라고! 같은 말을 대체 몇 번이나 하게 만들고……. 바보냐, 넌."

카슈반이 엄청나게 쌀쌀맞게 내뱉자 티르나드는 바로 태도가 소극적으로 바뀌었다.

"바보바보바보바보바보라니 너무 심하잖아! 나는…… 나는 그저, …… 그게."

"오늘도 그랬지. 제멋대로 무시당한다고 생각하고 아즈베르그 공작에게 들이대서 꽥꽥 시끄럽게 아우성이나 쳐대고. 그 녀석, 분명히 느리지만 전혀 반응이 없진 않아. 또 나쁜 뜻으로 일부러 그러지도 않아. 슬슬 학습해라."

티르나드는 이틀 연속 디네로가 영지를 돌아보는데 동행하다가 이틀 연속으로 카슈반에게 혼났다. 어제는 억지로 동행해서 대단한 인물마냥 설쳐댔고 오늘은 출발 직전까지 서로 호통을 쳐댔다.

도중에 시간을 걱정한 디네로가 먼저 걷기 시작하자 티르나드는 계속 들이댔다. 그런데도 반응을 전혀 얻지 못하자 티르나드는 한층 더 머리에 피가 쏠렸다.

최종적으로는 카슈반에게 한 대 쥐어박히고는 자신이 돌아올 때까지 저택 밖으로 나가면 후견인 자리에서 물러나겠다는 말까지 들었다.

"그, 그런 무례한 태도를 보이는데 어떻게 참고 있나! 같은 지방백으로서 사이좋게 지내려고 했는데."

"그게 사이좋게 지내려는 사람이 취하는 태도냐? ……너야 일부러 그 녀석에게 찰싹 달라붙어서 화나게 하려고 그렇게 했을지도 모르지만."

후반부에서 카슈반이 의미심장한 어조로 바꾸었다.

하지만 티르나드는 아직 카슈반이 품은 진의를 알아차리지 못했다.

"뭐…… 뭐냐, 이상한 소리나 하고. 너는 나를 너무 업신여겨! 나는 네놈 피후견인이다! 이 저택에는 장기간 머물면서 왜 내 저택에는 오지 않아!"

"어머나 레이덴 백작님. 저택에 초대해 주셨으요? 멋져라. 저도 가고 싶네요."

욕망에 충실한 알리시아가 기뻐해도 흥분한 티르나드 귀에는 가

닿지 않았다.

제 말에 한층 더 부채질 된 티르나드는 마치 비극 속 주인공처럼 열변을 토했다.

"처음부터 내 후견인을 맡은 이유가 내 재산을 손에 넣을 좋은 기회라고 생각했기 때문이잖아! 좀 더 사람들에게 아양을 떨라든가 아첨을 하라든가 남을 공경하라고 말은 잘하지. 너도 나를 이용해 단물만 빨아 먹는 주제에!"

카슈반은 아무 말도 하지 않았다.

침묵을 긍정으로 받아들였는지 티르나드는 한층 더 힘이 실린 열변을 토했다.

"혼란한 아즈베르그에서 뛰어난 수완을 발휘한다, 자신은 대단한 남자라고 생각하겠지만! 흥. 너 혼자서 할 수 있는 일은 한정되어 있단 말이다!"

검지를 카슈반에게 들이대며 티르나드는 소리 높여 한층 더 격한 말을 쏟아냈다.

"그런데 너는 주위에 암살자며 농민 출신 집사며 변변치 못한 사람만 두었어! 인재라면 그 외에도 얼마든지 있는데!"

"……하시는 말에 다소 일리는 있지만, 정말로 어쩔 수가 없는 도련님이군요."

세이그람 자신도 트레이스를 농민 출신이라고 바보 취급했지만, 티르나드가 하는 말은 흘려들을 수 없다고 판단한 모양이었다.

재빨리 채찍을 쥐려는 순간 날카로운 소리가 더 먼저 주변에 울려 퍼졌다.

"적당히 하십시오!"

티르나드의 뺨을 후려치며 외친 사람은 그때까지 침묵을 지키던 트레이스였다.

여느 때 짓던 온화한 표정에서 일변해 갈색 눈동자는 격한 감정이 번쩍이고 있었다.

"잠자코 듣자니 제멋대로고 할 말, 안 할 말 가리지 않는군요. 하고 싶은 말만 늘어놓고요. 은인에게 대체 무슨 말버릇입니까!"

"……뭣, 이, 이, 네, 네놈 따위가……!"

바로 말이 나오지 않는 티르나드에게 트레이스는 카슈반을 올려다보며 외쳤다.

"이분이 당신 후견인이 되신 것은 레이덴에서 나오는 풍부한 수확물 때문만이 아닙니다! 오히려 이분은 당신 후견인이 되셔서 국왕 폐하께 밉보일 수도 있습니다!"

"……트레이스. 그만해라."

포기한 듯이 한숨을 쉬는 카슈반에게 티르나드는 할 말을 잃었다.

"어…… 어째서, 지?"

"당신도 알고 계실 겁니다. 국왕 폐하는 매우 소심한 분입니다. 그분 눈에는 벼락출세했다는 소문이 도는 카슈반 님이 큰 야심을 가진 자로 비칩니다. 그런 카슈반 님이 이전에 모반 소문이 돌았던 토지의 권리를 가진다면 어떻게 되겠습니까."

"그만해라, 트레이스. 그걸 지금 가르쳐주면 감사한 마음이 반감될 테니까."

한숨 섞인 목소리로 소꿉친구의 말을 가로막은 카슈반을 티르나드

는 지그시 응시했다.

"……뭐야. 너도 소꿉친구라는 위치에서 어리광부릴 뿐이잖아. 그런 주제에 우쭐해져서는."

반성의 빛이 조금도 보이지 않는 말투에 이번에는 카슈반이 한쪽 눈썹을 치켜세웠고, 트레이스는 표정을 굳혔다.

"트레이스도 나랑 똑같잖아. 유…… 유란에게 속아서 라이센을 찌르지 않았나! 농민 출신 주제에. 대단한 능력도 없는 주제에 왜 너만 중용을……!"

최근에는 카슈반 입에서도 나오지 않는 말이니만큼 트레이스는 괴롭게 얼굴을 일그러뜨렸다.

"……걱정하시지 않으셔도 저는 필요할 때 몸을 뺄 용의가 있습니다."

작은 목소리로 중얼거린 트레이스의 눈이 힐끗 세이그람을 쳐다보았다.

그것을 알아차린 카슈반은 무슨 생각을 했는지 갑자기 손을 뻗어 트레이스의 금발을 꽉 잡아당겼다.

"아얏!"

비명을 지르는 트레이스의 머리를 꽉 잡아당기면서 카슈반은 시선을 티르나드에게 돌렸다.

"네가 어떤 바보짓을 하든 별로 화가 나진 않는다. 왜냐하면 너는 일부러 바보가 되도록 소중히 키워졌으니까."

이전 후견인 유란은 늘 미소를 짓고 자신을 낮추며 티르나드를 앞세우곤 했다.

그렇게 다루면 원래부터 티르나드 내면에 있던 오만함을 조장할 수 있다는 사실을 유란은 잘 이해했으리라.

"그렇지만 모든 일에는 한도가 있다. 소중한 집사를 더 우롱한다면 내게도 생각이 있어."

그 소중한 집사는 지금 카슈반이 마구 머리를 잡아당겨서 고통과 곤혹스러움에 신음했다.

"아, 아픕니다, 카슈반 님. 그, 용서해주세요……!"

"넌 잠자코 있어라, 트레이스. 왜 네놈의 머리를 잡아당기고 있는지를 잘 생각해봐라."

시선을 움직이지 않고 그렇게만 말한 카슈반은 티르나드에게 향하던 눈을 스윽 가늘게 떴다.

"아니면 그것도 노림수인가? 레이덴 백작. 트레이스를 떼어내고 나를 고립시키려는 속셈인가."

"어……?"

변한 분위기를 알아차렸는지 티르나드가 핑하고 몸을 떨었다.

그러나 카슈반은 놓아준 트레이스의 머리카락 대신 도망칠 기색을 보인 티르나드의 손목을 붙잡고 난폭하게 끌어당겼다.

"무엇을 꾸미지? 레이덴 백작 각하."

마음속 깊은 곳까지 꿰뚫어 보는, 찌르는 듯이 차가운 목소리와 시선.

"저 먼 레이덴에서 일부러 변경까지 걸음을 하다니. 볼일도 없는데 내 주변에서 어정거렸지. 거기에 디네로에게까지 이유 없이 달라붙다니. 무슨 의도로 그러는지 슬슬 후견인에게 말해줘도 좋은 때가 아닌가?"

명백히 뼈가 든 말이었다.

처음에 티르나드는 대체 카슈반이 무슨 말을 하는지 이해하지 못한 듯했다.

"라이센? 뭐, 뭐냐, 나는, 그저……."

푸른 눈동자를 크게 뜨고 티르나드는 눈앞에 선 남자를 바라보았다.

그러나 카슈반의 질문에 담긴 진의가 세상 물정 모르는 도련님 티르나드의 가슴에도 점차 스며드는 모양이었다.

"……나를…… 의심하는가? 너는……."

입술을 떨며 티르나드는 쉰 목소리로 작게 말했다.

"너도 내가…… 필요 없나……?"

말하기가 무섭게 티르나드는 난폭한 동작으로 카슈반의 팔을 떨쳐냈다.

"레이덴 백작님!"

재빨리 내리간 눈 끄트머리가 반짝하고 빛났다.

티르나드는 옷소매로 얼굴을 덮고는 알리시아가 부르는 소리도 무시하고 복도를 일직선으로 달려나갔다.

뜻밖에 발은 빠른 모양이었다.

눈 깜짝할 사이에 보이지 않는 젊은이의 뒷모습에 카슈반이 얕은 한숨을 내뱉었다.

"아직 꼬맹이 주제에. 하지만…… 그러므로 녀석들이 좋을 대로 이용해 먹을 가능성도 있어."

약간 의식적으로 차갑게 말한 카슈반은 알리시아 쪽을 돌아보았다.

"알리시아. 넌 아즈베르그 공작과 파장이 꽤 맞아 보이더군."

"예? 아. 예. 그렇답니다. 좋은 분이라고 생각해요."

기본적으로 알리시아는 특별히 사람을 좋아하고 싫어하는 마음이 별로 없었다.

디네로도 물론 둘 중 어느 쪽이냐고 굳이 묻는다면 좋아하지만 그 이상 특별한 감정은 없었다.

옆에서 보기에는 빈곤 천연계 지방백들끼리 마음이 맞는 듯이 보일지도 모르지만 적어도 본인에게는 특별하다는 자각이 없다.

하지만 아내의 대답을 들은 카슈반이 한쪽 눈을 살짝 가늘게 뜨더니 어조를 바꿔 명령했다.

"그렇군. 알리시아. 두 번 다시 아즈베르그 공작에게 다가가지 마라."

"예?"

조금 전까지 디네로를 인정하는 말을 입에 올리던 남편이 생각지도 못한 명령을 내리자 알리시아는 고개를 갸우뚱했다.

그러나 카슈반은 한층 더 생각지도 못한 설명을 계속했다.

"그 녀석에게 '날개의 기도' 교단이 접근한다는 정보가 있다. 너도 루아크와 함께 본 적이 있었지. 영지를 돌아보는 도중에 마주친 수상한 2인조."

"아아. 트레이스 씨에게 가르쳐줬던 그거. 그랬었지."

의외의 일이 아니라는 듯이 맞장구를 치는 루아크에게 카슈반은 고개를 끄덕였다.

"그래. 그 녀석들이 근처 농민으로 변장해 아즈베르그 공작을 감시해왔다는 사실을 트레이스가 알아냈다. 나도 요 며칠간 아즈베르그 공작과 행동을 같이 하면서 역시 감시하는 눈길을 느꼈어."

디네로가 영지를 돌아볼 때 매일같이 따라간 의도는 그랬던 모양이었다.

"녀석들은 상당히 초조해하는 중이다. 아즈베르그 공작을 이용해 수작을 걸려던 차에 내가 공작을 감시하고 나섰기 때문이겠지."

"하— 앙. 역시 뒷사정이 있었구나. 그래서 일부러 아무 연락도 없이 여기 왔구나."

긴장감 없이 말하면서 루아크는 짓궂은 눈빛으로 카슈반을 올려다보았다.

"그래도 말이야. 지금까지 알리시아는 둘째 치고 내게도 전혀 말하지 않았다니. 고용인으로 신용하지 않아서 그랬지? 그런 일은 내가 적격이라고 생각하는데. 인재는 좀 더 효율적으로 써야 한다고, 형님."

"자신이 신용할 수 있는 인간이라고 주장하는가? 사신. 원래부터 너는 유란이 키워서 나한테 보낸 암살자였다."

장난을 치는 루아크에게 우선 되받아치며 카슈반이 차갑게 내려다보았다.

"또 원래 너는 나를 믿지 않았을 텐데."

"아하하. 역시 알고 있었구나. 너무 감이 좋아도 생각해볼 문제야, 카슈반 형님."

재미있게 킥킥 웃는 루아크를 무뚝뚝한 얼굴로 바라보며 카슈반은 말을 이었다.

"유감스럽게도 손이 부족하다. 현시점에서는 네가 또다시 '날개의 기도' 쪽에 붙을 기색이 없기도 하고. 내일부터는 아즈베르그 공작과 동행하지 않을 거다. 대신 네가 몰래 뒤를 밟아서 누군가가 접촉하지 않는지 감시하도록."

"응. 그런 위험한 일이야말로 쓰고 버릴 수 있는 말한테 맡기는 편이 손해가 적지. 알았— 습다."

헤실헤실 웃으며 임무를 수락한 루아크는 내버려 두고 카슈반은 아내를 향해 돌아섰다.

"그리고 레이덴 도련님도 조심하도록. 그 녀석에게도 '날개의 기도' 교단이 다시 접촉한다는 정보가 있어."

"예? 그랬나요?"

알리시아는 또다시 깜짝 놀랐지만 다른 사람들은 특별히 놀라는 기색이 없었다.

"아즈베르그도 마찬가지지만 유란과 그 일당이 사실상 지배하는 레이덴 지방에도 '날개의 기도' 잔당이 얼마든지 잠재해 있다. 한번은 교육이 끝난 도련님이지. 하물며 아직도 전 후견인 망령에 사로잡힌 도련님이라면 얼마든지 다시 데려가서 길들일 수 있겠지."

유란의 이름을 부르면서 가위에 눌리는 티르나드.

유란과 분위기가 닮은 세이그람에게 과잉 반응을 하는 티르나드.

카슈반뿐만 아니라 누구에게나 불만이 폭발하는 티르나드.

10년 전 반란으로 티르나드는 저택과 부모님을 잃고 후견인 사이를 전전했다. 그래서 언제나 타인을 향한 적대심과 강한 의존성은 밀접한 관계를 이루고 있었다.

"……다시 접근한다는 정보만 있을 뿐 암살자를 고용했다든지 명확한 증거는 없습니다. 단지 유감스럽게도 레이덴 백작은 정신적으로는 약한 분입니다. 교단이 다시 접근하는데도 거부하는 기색을 보이지 않고 계신 것도 사실입니다. 마음속 허를 찔리면 본인 의사와는 관계없이 조종당할 가능성이 있습니다."

조금 전 뺨을 후려쳤음에도 불구하고 트레이스는 무거운 어조로 티르나드에 관해 말했다.

"오랫동안 괴로운 일을 당하셨다고 들었습니다. 그러므로 상냥한 말에 마음이 흔들리는 심정이 이해가 가지만……. 카슈반 님이 부모 같은 심정으로 지켜보는 마음을 조금 더 이해해주셨으면 좋았을 것을."

기본적으로 오지랖이 넓은 트레이스는 이러니저러니 말하면서도 티르나드를 걱정했다.

"무엇보다 카슈반 님은 때때로 도에 지나치게 놀리는 경향이 있으니까요. 자중해주셨으면 항상 생각하지만……."

소꿉친구에게 아직 하고 싶은 말이 많은 모양이었다.

숙연해진 트레이스의 어조에 루아크가 내는 목소리가 겹쳐졌다.

"뭐 그렇지. 배가 고프면 뭐든 맛있게 느껴지잖아. 설령 썩어서 곰 팡이 핀 빵을 먹어도 아사하는 것보다 나을 때가 있고."

애정에 굶주렸으면서도 애정을 받아들일 수 있는 미덕을 좀처럼 발휘하지 못하는 가련한 도련님이다. 앞에 내민 먹이에 손쉽게 달려 들고 만다는 사실을 부정할 수는 없었다.

경박한 말투였지만 루아크가 하는 말은 묘하게 실감 났다.

"그렇죠. 배가 고플 때는 뭐든 맛있는 법이거든요. 하지만 아무것 도 먹지 않았는데 비료불요초를 먹으면 험한 꼴을 당하게 되니까 참 어려워요."

미묘하게 초점에서 벗어난 말을 한 알리시아는 퍼뜩 생각이 미친 점을 입 밖에 냈다.

"'날개의 기도'의 정보를 가져온 사람은 렉산드르 자작님이신가 요?"

용병단장 발로이 렉산드르 이름이 나오자 카슈반 말고도 트레이 스와 세이그람도 반응을 보였다.

"그래서…… 카슈반 님은 디네로 님 저택을 방문하셨군요. 또 레 이덴 백작님이 아즈베르그 공작님과 카슈반 님만 동행하는 것을 막 으셨고요."

"……변함없이 묘한 곳에서 날카롭군. 하지만 안다면 이야기는 빠 르지."

의외의 분야에서 총명한 아내의 머리를 쓰다듬며 카슈반은 세 이그람을 바라보았다.

"그런 연유에서 세이그람. 바로 레이덴가 도련님을 쫓아가서 지켜 봐라. 이 정도로 몰아붙였으니 다음에 어떤 행동을 할지 신경 쓰여."

"제가 말입니까?"

매우 불만인 듯한 세이그람에게 카슈반은 고개를 끄덕였다.

"너밖에 없다는 말이 정확하겠지. 알리시아에게 엄한 일을 시킬 수는 없고, 루아크는 아즈베르그 공작에게 붙여놓는다. 트레이스는 내 오른팔로서 옆에 있을 필요가 있으니까."

"오른팔? 그렇군요. 다시 한번 오른팔이 검을 휘둘러 공작의 배를 찌른다는 가능성이 있어도 말입니까?"

노골적인 비아냥에 트레이스가 고개를 숙였지만 카슈반은 태연하 게 세이그람이 한 말에 긍정했다.

"그렇다. 이 녀석에게는 내가 괴물이 되었을 때 다시 한번 찔러야 한다는 중요한 역할이 있다. 다른 인간에게는 맡길 수 없어."

"……꽤 그분을 중히 여기시는군요."

안경을 밀어 올리면서 세이그람은 낮은 목소리를 냈다.

"출신도, 집사에게 필요한 능력도. 덧붙여 전투 능력도 제 쪽이 더 우수하리라 생각합니다. 틀립니까? 그분은 강공작 각하께서 용병 관계자와 교류하는 점을 별로 마음에 들지 않아 하는 눈치지만, 이 번 '날개의 기도' 정보는 저희가 가져왔습니다."

"그래. 너는 우수하다. 머리도 좋고 실력도 뛰어나. 그렇지 않다면 발로이가 너를 용병단에 받아줬을 리 없지. 뻔뻔함도 일종의 재능이 고."

세이그람이 당당한 오만함을 보여도 카슈반은 절대 싫어하지 않

있다.

라그라드르인을 향한 차별이 뿌리 깊은 이 땅에서 자신이 용병 관계자라고 단언할 수 있는 점도.

"하지만 네게 배를 찔려 죽을 수 없다."

죽지 않는 것이 아니다.

죽을 수 없다고 카슈반은 말했다.

"너만이 아니다. 다른 누구에게 찔려도 인간으로서 죽을 수 없어. 괴물로서 죽게 되겠지."

괴물이란 아즈베르그 선대 영주이자 카슈반의 아버지인 레디오르 하르바스트를 일컫는 단어였다.

모든 의미에서 반면교사가 된 아버지의 존재는 제 손으로 직접 죽이고 나서 한층 더 카슈반의 의식에 어두운 그림자를 던졌다.

"카슈반 님……."

살짝 이름을 부르는 목소리에 응해 카슈반은 똑바로 소꿉친구를 바라보았다.

"알고 있겠지, 트레이스. 너의 가장 뛰어난 능력은 날 꾸짖을 수 있다는 점이다. 네가 하는 말이라면 뭐…… 전부는 들을 수 없지만 몇십 퍼센트 정도는 들어줄 수 있다. 아마도."

아즈베르그의 폭군으로서 최대한 양보하는 말을 입에 담은 카슈반은 살짝 짓궂은 눈초리를 했다.

"뭣보다 나한테 양해도 없이 몸을 뺀다든가 하는 짓을 용납하리라 생각하지 마라. 다시 한번 나한테서 도망가보라고. 이번에는 머리를 잡아당기는 것만으로 끝나지 않는다. 이번에야말로 개

목걸이를 걸어줄 테니까."

아이 같은 말에 트레이스가 조금 전 무진장 잡아당겨진 머리에 손을 갖다 대면서 고개를 끄덕였다.

소꿉친구라는 처지에서 비롯된 쑥스러움을 숨기듯이.

두 사람이 하는 양을 지켜보던 세이그람이 마른 소리를 냈다.

"알았습니다."

후우 작게 한숨을 내쉰 세이그람은 안경을 고쳐 썼다.

"저는 우수하므로 시적인 표현을 쓰지 않으셔도 괜찮습니다. 그저 한마디, 너는 필요 없다고 말씀하시면 됩니다."

"세이그람."

이름을 부른 카슈반을 세이그람은 재빨리 가로막았다.

"걱정 마시길. 도련님을 지켜보는 일은 제게 맡겨주십시오. 그 일을 처리한 보수는 이곳에서 물러날 때 확실히 받아가겠사오니."

말하자마자 세이그람은 빙글 발길을 돌려 티르나드가 사라진 방향을 향해 걷기 시작했다.

"……저 성격으로는 어느 명문가에서도 오래 버티지 못한 게 당연하겠군. 용병단에 들어가기 전에는 이곳저곳 신흥 귀족 도련님들 가정교사를 했었다는데."

한숨 섞인 어조로 중얼거린 카슈반에게 루아크도 동의했다.

"아―, 좀 곤란한데. 그런 도련님들은 자존심만은 어설픈 기존 귀족들보다 더 높거든. 세이그람 선생님 식으로 해 나갔다면 본인도 부모들도 들고일어났을 거야."

가벼운 어조로 말하는 루아크의 목소리를 들으면서 카슈반은 아내의 손을 잡았다.

"어쨌든 오늘은 그만 자자. 알리시아. 내일부터는 될 수 있는 대로 나와 행동을 같이하도록 해. 무슨 일이 벌어진 뒤에는 늦으니까."

"예에……."

알리시아는 트레이스의 옆을 지나쳐 카슈반에게 들은 대로 손님방을 향해 걷기 시작했다.

트레이스는 세이그람이 사라진 방향을 다소 거북하게 바라보았다.

"하지만 카슈반 님. 디네로 님은 어떨지 모르겠지만요. 레이덴 백작님은 설령 '날개의 기도' 사람들에게 속고 계시더라도 카슈반 님을 매우 좋아하신답니다."

손님방으로 돌아오자마자 알리시아는 옆에 있는 남편에게 말했다.

그러나 카슈반은 아무 대답도 하지 않았다.

[제4장] **무엇과 바꾸어도**

「당신을 아즈베르그 영주로 되돌려 드리겠습니다. 대신 라이센을 처리해주십시오.」

영지를 돌아보던 디네로에게 접근해 그렇게 말한 자들이 있었다.

루아크가 보고를 들고 온 날은 카슈반의 명을 받아 디네로를 감시하고 3일이 지난 후 점심때였다.

"흥. 역시."

긴 의자 위에 다리를 꼬고 앉아 카슈반은 비아냥거리듯 중얼거렸다.

행동 지침을 정해놓았기 때문일까.

카슈반은 매일 디네로가 영지를 돌아볼 때마다 함께하던 외출했었지만 지침을 정한 후론 그만뒀다.

그래서 한층 더 한가해진 얼굴은 딱 적당한 긴장감을 띠고 굳어 있었다.

옆에 앉은 알리시아는 카슈반과는 대조적으로 어머나라는 긴장감이 없는 작은 소리만 냈을 뿐이었다.

누군가 남편의 목숨을 노린다는 말을 들었음에도 여전히 느긋한 어조로 눈앞에 있는 루아크에게 물었다.

"디네로 님은 뭐라고 대답하셨죠?"

"그게 말이지. 아무 말도 하지 않았어."

"아무 말도?"

이번에는 카슈반이 되물어와 루아크는 설명을 시작했다.

"접근한 사람은 아마도 '날개의 기도'에서 파견했을 거야. 트레이스 씨 말처럼 숲속 오두막에서 나왔는걸."

디네로 저택에 도착한 그 날 트레이스는 바로 디네로를 감시하는 남자들 근거지를 파악해두었다.

그 뒤 루아크가 가서 더욱 상세한 정보를 모아왔다.

남자들이 오두막 안에서 주고받던 대화 내용을 보면 어떤 집단인지는 금방 알 수 있었다.

농민으로 분장해 디네로에게 접근한 두 사람은 아즈베르그에 사는 경건한 '날개의 기도' 신자였다.

아마 길을 알려주기 위한 안내인이리라.

그 밖에도 기습 등 거친 일을 맡으려고 다른 토지에서 파견한 '날개의 기도' 병사들이 십여 명 있었다.

"하지만 디네로 님은 멍청히 서서 아무 말도 하지 않았어. 원래 그런 사람이잖아. '날개의 기도' 사람들도 무서웠는지 대답은 나중에 듣겠다면서 도망쳤어."

"디네로 님답네요."

비슷한 성격인 알리시아가 느긋하게 웃는 가운데, 옆에서 노라가 눈썹을 살짝 찌푸렸다.

"증거도 이만큼 모였고 근거지도 확실히 파악했잖아요? 그러면 재빨리 처리해버려요. 여기는 말하자면 적진 한복판이라고요. 자는 사이에 언제 목이 날아가도 이상하지 않은 상황이에요."

푸르르 몸을 떠는 노라에게도 '날개의 기도' 교단이 디네로와 티르나드에게 접근한다는 이야기는 이미 해둔 참이었다.

더불어 노라도 위해를 당할 가능성이 있어서 라이센 부부가 머무는 방에서 묵게 되었다.

노라도 그 사실만큼은 기쁜 모양이었다.

하지만 노라가 말했듯이 이곳은 적진 한복판이었다.

아즈베르그가 고용인들을 포함하더라도 적이 많아지진 않겠지만, 앞으로 늘어나지 말란 법도 없었다.

"그야 그렇지만 디네로 님도 리드렉 할아버지도 지금 시점에 우리를 습격하려는 기색은 없잖아. 디네로 님도 이야기를 듣기는 했지만 화를 내지도 기뻐하지도 않고 아무 반응도 안 보였어."

노라와 손을 잡고 주인과 알리시아 사이에 어떤 일을 벌이려 했던 아즈베르그가 가령인 노인은 카슈반이 아무리 추궁해도 훌륭하게 시치미를 뗐다.

당연히 천연계 두 사람은 속았다는 자각도 없었다.

그래서 카슈반은 더 추궁하지 않고 포기했다.

"아니, 노라 말대로다."

드물게 카슈반은 루아크가 아닌 노라가 낸 의견에 찬동하는 뜻을 보였다.

"아즈베르그 공작의 진의에는 분명히 확실치 않은 부분이 있다. 그러나 '날개의 기도' 의도는 확실하지."

몇백 년도 더 옛날에, 사람들이 신을 믿지 않게 되었음에도 오직 혼자서 신앙을 버리지 않았던 성녀 아셀.

아셀을 숭배한 사람들 자손인 귀족과 왕족이 세상을 지배한다.

아셀을 박해한 사람들 자손인 평민은 귀족과 왕족에게 봉사하면서 속죄한다.

하극상 기운이 커지기 이전에 '날개의 기도'가 말했던 올바른 세계였다.

'날개의 기도' 교단에서 말하는 이상 세계는 과거 아셀을 숭배하고 토지에 가문 이름을 붙인 지방백이 같은 이름을 가진 땅의 영주여야 했다.

아즈베르그 지방 영주가 라이센 강공작이라는 사실을 언제까지고 손가락만 물고 방치할 생각은 당연히 없을 터였다.

"아즈베르그 공작은 뭐…… 그런 녀석이니까. 그 녀석도 레이덴 백작처럼 뒤에서 조종하는 사람 의지에 따라 이렇게도 저렇게도 행동할 가능성이 있겠지."

티르나드는 트레이스에게 뺨을 얻어맞고 카슈반에게 의심의 눈초리를 산 그 날부터 거의 방에 틀어박혔다.

같은 방을 쓰는 세이그람이 차례로 보고하는 말에 따르면 현재까지는 티르나드에게 '날개의 기도' 교단이 접근해오는 기색이 없었다.

"예. 그렇답니다, 카슈반 님. 제 말대로 해주시면 아무 문제 없을 거예요! 우선 첫 단계로 당신 옆에 있는 소녀와 일각이라도 빨리 연을 끊으시는 겁니다!"

"어떠냐, 루아크. 녀석들을 붙잡아 자백시키면 좀 고생일까?"

기세를 몰아 말하는 노라를 산뜻하게 무시하고 카슈반이 루아크에게 물었다.

"아니 별로. 그런데 조금 이상하달까. 그 사람들, 행동이 통일되지 않았어. 형님. 머릿수만 모아놨지 어중이떠중이라고. 이따금 서로 말다툼도 하고."

"내분인가. 흥. 한층 더 쳐부수기에 지금이 좋은 기회겠군."

입술 끝을 끌어 올린 카슈반이 히죽 웃은 시점에 조심스럽게 문을 두드리는 소리가 났다.

현재 가장 바쁜 사람은 트레이스였다.

이쪽 움직임을 눈치 채지 못하게 하면서, 아즈베르그 공작가 고용인 동태를 살피기 위해서였다.

더불어 트레이스는 이런 사태에도 라이센 부부 방에 머물라는 제안을 거절했다.

「신혼부부가 머무는 방에서 묵는 일은 제게는 도저히 무리입니다!」

이렇게 계속 거절하며 아직도 고용인용 별실에서 머물렀다.

"한창 좋을 때 왔다. 트레이스. 갑자기 미안하지만 좀 나갔다 와야겠다."

루아크의 존재와 카슈반이 짓는 표정으로 트레이스는 주인이 내리는 명령이 의미하는 바를 알아차린 모양이었다.

"……준비해뒀던 병사를 움직입니까?"

"그래. 때가 됐다. 부탁해도 되겠나?"

"바로 출발하겠습니다."

무슨 일이 생길지도 모른다는 생각에 카슈반은 어딘가에 복병을 미리 숨겨놓았었다.

주군의 명령을 재빠르게 알아차린 트레이스는 인사를 한 뒤 방을 나섰다.

"과연 소꿉친구 사이네. 역시 트레이스 씨가 아니면 안 되나?"

낭패한 얼굴로 루아크가 중얼거리는 소리를 들으며 알리시아는 남편을 올려다보고 단도직입적으로 물었다.

"카슈반 님은 디네로 님, 레이덴 님과 싸움을 하시게 될까요?"

"정확하게 말하면 상대는 '날개의 기도'지. 때에 따라서는 네 말처럼 될지도."

한마디 주석을 달았지만 카슈반은 알리시아가 하는 말을 부정하지 않았다.

알리시아도 티르나드와 디네로가 '날개의 기도'에 넘어가서 적이 된다면 싸움을 피할 수 없으리라는 사실은 알았다.

두 사람이 카슈반이나 자신을 살해할 생각이라면 어쩔 수 없지만.

그래도 역시.

"유감이네요. ……두 사람이 카슈반 님과 사이좋게 지내주셨으면 좋겠는데."

"……레이덴 백작은 일단 나름대로 생각을 해줬는데."

작게 숨을 토해내기도 잠시.

카슈반은 다시 표정을 차갑게 바로잡았다.

"나는 아즈베르그 영주. 이 땅을 지킬 의무가 있다. ……'날개의 기도' 원래 가르침은 모르지만 지금 방식은 알아. 그 녀석들이 이 땅을 지배하도록 놔둘 수는 없어."

"디네로 님은 생각하지 않으시나요?"

디네로를 언급하지 않은 남편에게 알리시아는 솔직하게 다시 한번 물었다.

알리시아는 푸른 눈동자로 카슈반의 날카로운 검은 눈동자를 무심하게 바라보았다.

"카슈반 님은 디네로 님이 싫으신가요? 그분이 지나 님 혈족이고 장미를 키우고 계시…… 읍읍."

알리시아가 너무 직설적인 질문을 던지자 노라가 재빨리 손을 뻗어 알리시아의 입을 덮어 침묵시켰다.

"호, 호, 마님. 마님이 어떻게 되시든 제 알 바는 아니지만, 피해를 볼 주변 사람도 생각해주세요! 카슈반 님, 죄송합니다. 제가 나중에 따— 끔하게 설교를 하겠습니다."

노라는 경련을 일으키는 얼굴로 카슈반 마음의 성역에 흙발로 들이닥치는 위험한 발언을 가로막았다.

지금은 노라도 같은 방에서 묵고 있었다.

알리시아가 섣부르게 말하고 행동하도록 용납한다면 자신에게도 불똥이 튈 가능성이 있었다.

"—나는 그 녀석 후견인이 아니야. 그 녀석은 알 바 없다. 나를 죽이라는 말을 듣고 분명히 고개를 끄덕이는 기색은 없었지만 그렇다고 거절하지도 않았으니까."

예상했던 대로 카슈반은 표정을 흐리며 낮은 목소리를 냈다.

그리고 바로 루아크에게 명령했다.

"루아크. 트레이스가 병력을 모아 돌아올 때까지 한나절쯤 걸린다. 너는 그동안 계속 아즈베르그 공작을 감시해라. 무슨 일이 있다면 바로 보고하도록."

"나랑 트레이스 씨를 부려먹으면서 자기는 빈유와 거유를 거느리고 대기한다는 말이네. 형님의 그런 점, 싫지 않아. 그럼 간다!"

가벼운 어조로 말한 루아크가 가볍게 손을 흔들고 바닥을 찼다.

이윽고 노라에게서 해방된 알리시아가 비뚤어진 안경을 고쳐 썼다.

주위에 남은 것은 루아크가 희미하게 휘젓고 간 장미 향기뿐이었다.

카슈반이 트레이스에게 병사들을 움직이라고 명령한 다음 날.

한밤중에 일이 일어났다.

"……응, 뭐예요, 노라……?"

문득 눈을 뜬 알리시아는 넓은 침대 위에서 칠흑 같은 실내를 응시했다.

봄이라도 아즈베르그의 밤은 쌀쌀하다. 그래서 창문은 커튼으로 빈틈없이 가려져 있었다.

창문 틈새로 불어 드는 약한 바람에 커튼이 흔들리며 이따금 달빛이 새어들었다.

방 안에 그 외에는 빛이 없었다.

자다 깬 알리시아는 당연히 안경을 쓰지 않은 채였다.

바로 옆에서 자는 카슈반의 모습조차 어둠과 헷갈려 분간하지 못할 정도였다.

"왜 그래요? 또 외로워졌나요……? 좋아요. 옆으로 조금 비킬 테니까…… 셋이서 자요……. 혼자 있으면 싫죠."

카슈반은 노라가 같은 방에서 묵는 것은 허락했지만, 같은 침대에서 자는 것까지 허가하지는 않았다.

넓은 침대는 세 사람이 잘 수 있을 만큼 아주 넓었다. 알리시아는 세 사람이 같이 자도 괜찮지 않을까 생각했지만 카슈반은 허가하지 않았다.

결국 노라는 긴 의자에 모포를 깔고 잤다.

노라에게는 유쾌한 상황이 아니었다.

그래서 부부가 자는 침대 한가운데에 몰래 숨어들곤 했는데 늘 카슈반에게 제지당했다.

"왜 그러지, 알리시아?"

웅얼웅얼거리는 알리시아를 눈치채고 카슈반도 눈을 떴다.

카슈반은 한밤중이었는데도 특별히 잠이 덜 깬 기색도 없이 명료한 목소리를 냈다.

아마도 그 이유는 역시 '날개의 기도'와 벌일 전투를 의식했기 때문이리라.

"별일이군. 네가 이런 시간에 잠에서 깨다니."

"예…… 이상하네요. 전 한번 잠들면 절대로 아침까지 눈을 뜨지 않거든요."

알리시아의 신조는 '잘 먹고 잘 잔다'였다.

그래서 알리시아는 노라가 외롭다면서 눈동자를 촉촉하게 적시고 침대에 올라오지 않는 한 보통 한번 잠들면 눈을 뜨지 않는다.

한번은 노라에게 걷어 채여 침대에서 떨어질 뻔했는데도 눈을 뜨지 않았다.

그 정도였다.

우선 안경을 찾아 쓴 알리시아는 어떤 사실을 알아차렸다.

"카슈반 님. 뭔가 묘한 냄새가 나지 않나요?"

"냄새? ……장미향이라면 벌써 코가 맛이 가버렸어. 잘 모르겠다."

"그렇죠. 분명히 장미 향기도 나지만…… 그래요. 타는 냄새예요."

알리시아는 시력이 엄청나게 나쁘지만 후각은 매우 뛰어났다.

뛰어난 후각에 루아크도 감탄할 정도였다.

알리시아가 코를 킁킁거리면서 입에 올린 말에 카슈반은 이상을 알아차렸다.

"타는 냄새라고? ……정말이잖아."

살짝 험악한 표정을 지은 카슈반은 즉시 침대에서 내려가 커튼을 열고 달빛을 확보했다.

이어서 오늘 밤에는 얌전하게 긴 의자 위에서 자는 노라에게 다가가 모포에 싸인 어깨를 흔들었다.

"노라. 일어나라!"

"꺅! 어, 어멋. 아이참. 미리 말씀해주셨더라면 좋았을 텐데요."

뭔가 크게 착각한 노라는 놀라면서도 기쁜 듯이 벌떡 일어났다.

그러나 곧 침대 위에서 일어난 알리시아를 눈치채고 즉시 눈꼬리를 치켜세웠다.

"어머, 마님도 함께……? 흥. 좋습니다. 직접 비교해보시면 제 매력을 한층 더."

"더 제대로 정신 차리도록. 노라. 못 알아차렸나, 이 냄새를?"

아직 잠에 취한 눈이던 노라는 카슈반에게 말을 듣고 코에 손을 갖다 댔다.

하지만 노라가 눈을 뜬 시점에 어디선가 검은 연기가 방 안으로 흘러들어와 달빛을 군데군데 가로막기 시작했다.

"호, 혹시, 불이 났나요?!"

"불?!"

파랗게 질린 노라가 내뱉은 단어에 알리시아는 민감하게 반응했다.

"꺄아—. 정말 불?! 진짜 불이 난 상황을 체험하기는 처음이에요! 책에서 읽은 그대로예요! 불보다 연기가 먼저 퍼지네요!"

차츰 천장에 고이기 시작한 검은 연기를 올려다보며 알리시아는 상황에 맞지 않게 들떴다.

"혹시 카슈반 님이 또 저택 어딘가에 불을 내셨나요?"

"듣기 거북한 소리는 하지 마라. 아마 이 저택이 타고 있겠지."

한숨을 쉰 카슈반이 다음 순간 퍼뜩 놀란 기색으로 천장을 올려다보았다.

그러자 달빛이 비치지 않는 천장 어두운 부분에서 검은 연기를 헤치고 은발 소년이 소리도 없이 카슈반 등 뒤로 뛰어내렸다.

"어머, 루아크. 좋은 밤이에요."

"안녕, 알리시아. 잠옷 차림이라니 평상시보다 조금 관능적인걸. 음. 여러분 모습을 보니 다 알고 계시나 본데, 불이 났어."

루아크는 알리시아와는 다른 의미로 긴장감이 결여된 채였다.

전해주는 말에 카슈반은 떫은 얼굴로 고개를 끄덕였다.

"불이 났다는 사실은 안다. 어디가 타고 있지? 왜 불이 났나?"

"저택 1층 구석이 타는 것 같아. 왜 불이 났는지는 우선 안전한 곳으로 피난한 뒤에 생각하는 게 좋겠어. 주방 같은 데서 일어난 불길이 아니니까."

예를 들자면 불씨를 완전히 끄지 않았다거나, 우연한 요인으로 난 불은 아니라는 뜻이었다.

카슈반은 표정이 한층 더 날카로워졌다.

"방화인가. '날개의 기도'?"

"글쎄. 저택 사람들은 전부 당황했어. 디네로 님은 내가 감시했으니까 저택 사람들은 범인이 아니지. 티르 도련님도 일단 깨우러 갔는데 모습을 보면 도련님이 한 짓은 아냐."

"그쪽도 세이그람이 붙어 있으니까. 게다가 녀석이 불에 품은 공포는 진짜다. 다른 곳이라면 몰라도 자기가 머무는 저택에 불을 붙이는 짓은 못 하겠지."

그렇게 말하고 카슈반은 침대 머리맡 기둥에 걸어두었던 망토를 걸쳤다.

"아직 불이 많이 번지지는 않았지만 아무래도 상황이 이상하다. 트레이스가 돌아오면 빨라야 새벽녘일 테니 일단 피난하자."

"우후후. 그렇죠. 빨리 피해야 해요! 카슈반 님, 얼른 자세를 낮추세요! 연기는 높은 곳부터 고인다니까요!"

일행 중에서 가장 키가 큰 남편에게 알리시아는 기쁜 듯이 지시를 내리기 시작했다.

쓴웃음을 지은 카슈반이 발걸음을 떼는 순간 알리시아는 놓고 갈 뻔한 물건을 알아차리고 침대로 달려갔다.

"알리시아. 화재 현장에서 도망칠 때는 소지품에 집착하지 않는 게 철칙이야."

"죄송합니다. 바로 갈게요."

카슈반이 지극히 당연한 말을 해도 건성으로 대꾸하던 알리시아는 남편이 준 수호석이 든 주머니를 목에 걸고 돌아왔다.

"……책은 괜찮은가? 소중한 물건이잖아."

카슈반은 똑같이 머리맡에 놓인 소중히 읽고 보관하던 공포 소설을 가리켰다.

알리시아는 고개를 저었다.

"암송할 수 있을 정도로 내용은 다 외웠으니까요. 아, 위험해요. 연기가 늘어났어요. 빨리 가…… 꺄악!"

발끝이 허공에 떴다. 알리시아가 작게 비명을 질렀을 때는 이미 카슈반에게 안긴 상태였다.

"자, 가자."

카슈반은 소중한 것을 품에 안았다.

불이 나 피난하는 상황인데도 카슈반은 어딘지 즐거운 기색으로 일행을 이끌었다.

잠시 후, 루아크는 아무 말도 하지 않는 노라에게 말을 걸었다.

"노라는 내가 안고 갈까?"

"필요 없어요!"

거칠게 내뱉은 하녀는 풍만한 가슴을 흔들면서 달리기 시작했다.

그런 노라의 등을 스리슬쩍 지켜주면서 루아크도 달리기 시작했다.

작은 저택 안 공황 상태에 빠졌다.

별로 많지도 않은 고용인은 이미 다 잠에서 깼다.

저택 여기저기에서 고용인이 정신없이 돌아다니는 소리가 들렸다.

카슈반에게 안겨 복도로 나온 알리시아와 다른 사람들은 바로 가령 리드렉과 마주쳤다.

"라이센 공작님, 알리시아 님. 소란을 피워 송구합니다."

"신경 쓰지 말게. 대략적인 상황은 안다. 대체 어떻게 되었나."

"알아보러 사람을 보냈습니다. 어쨌든 여러분은 밖으로 피해주십시오. 불은 저희가 진화하겠습니다."

긍지 높은 가령으로서 손님이, 그것도 카슈반 일행이 머무는데 볼썽사나운 모습을 보여서 꽤 분한 듯했다.

'저희가'라는 단어에는 강한 힘이 담겨 있었다.

암암리에 카슈반 일행이 개입하기를 거부하는 공기가 감돌았다.

"······알았네."

카슈반은 얼굴이 파랗게 질린 노인의 말에 거짓은 없다고 생각했다.

루아크와 눈짓을 주고받은 뒤 똑바로 밖으로 향했다.

"라이센. 알리시아."

저택 정면 현관을 빠져나가려던 때에 문득 말을 걸어오는 사람이 있었다.

디네로였다.

손에 든 램프 때문에 옅은 어둠 속에 둥실 하얗게 떠오른 모습이었다.

깜짝 놀란 노라는 연기가 아니라 진짜로 비명을 질렀다.

"어머, 디네로 님. 안녕하세요. 디네로 님도 머리를 낮추시는 편이 좋답니다."

오히려 알리시아는 기쁜 얼굴로 남편의 당부도 잊고 저도 모르게 말을 걸고 말았다.

아즈베르그 공작에게 가까이 가지 말라는 말을 들었기 때문에 말을 나누기는커녕, 얼굴도 며칠만에 보았다.

"아즈베르그 공작. 대체 어떻게 된 일인지?"

품에 안은 아내를 내려놓으면서 카슈반은 낮은 목소리를 냈다.

오른손은 언제든지 허리에 찬 검으로 뻗을 수 있는 위치에 있었다.

그러나 디네로는 지금 이 자리에 흐르고 있는 긴장에도 영향받는 일이 없었다.

말하는 어조는 여느 때와 같았다.

"아즈베르그 공작은, 너무 길다. 디네로라고, 부르라고, 말했을 텐데."

"……귀공과 특별히 친해질 생각은 없어. 그것보다 대답하시지. 불을 낸 사람은 귀공은 아닌 듯하지만, 명령은 귀공이 내렸나?"

"내가, 아니다. 지금, 알아보도록, 했다."

명백히 의심을 사고 있었는데도 디네로가 하는 응수는 평소와 다르지 않았다.

"그것보다, 밖으로, 나가는 편이, 좋겠다. 불이, 번지면, 위험해."

정론이었다.

카슈반은 더는 아무 말도 하지 않고 다시 알리시아를 안았고 디네로의 곁을 스쳐 지나가 저택에서 나갔다.

노라와 루아크가 뒤를 쫓고 네 사람은 창백한 달빛을 받으며 일단 야외로 무사히 탈출했다.

"라……! 아, 알리시아 님. 무사하셨습니까. 다행이다!"

카슈반의 품에서 바닥에 내려서는 알리시아의 귀에 또 며칠 만에 들어보는 목소리가 들려왔다.

"어머, 레이덴 백작님. 안녕하세요."

"아, 안녕하십니, 까……. 알리시아 님도 무사하셔서, 그, 다행입니다."

머리는 마구 뻗치고 잠옷도 주름투성이였다. 얼굴은 달빛에 지지 않을 정도로 창백했다.

여느 때보다 한층 더 가늘고 미덥지 않아 보이는 티르나드는 의식적으로 알리시아가 아닌 다른 사람들은 무시하며 말을 걸었다.

티르나드 옆에는 세이그람이 서 있었다.

세이그람은 제대로 평상복을 입었고, 어깨까지 오는 검은 머리카락을 한 올도 흐트러뜨리지 않았다.

평소와는 다르게 머리카락을 그냥 푼 모습이 한층 더 유란과 닮아 보였다.

"레이덴 백작님은 괜찮으신가요? 불을 싫어하신다고 들었는데요."

가까스로 도망쳤음이 명백한 상태인 티르나드는 알리시아가 순수한 의도로 한 질문에 크게 고개를 끄덕였다.

"괘괘괘괜찮습니다, 물론! 불 따위, 불 따위는 전혀 보이지 않는 화재잖습니까, 하하하하하."

티르나드가 하는 말처럼 디네로 저택은 지금 1층 구석진 곳에서 뭉클뭉클 검은 연기를 토해낼 뿐이었다.

알리시아는 저도 모르게 그쪽으로 한 발 내디뎠다.

1층 구석 벽의 일부가 타들어 갔다.

붉은 불이 혀를 날름거리며 때때로 춤추는 모습이 보였다.

오히려 기세 자체는 점차 약해지는 중이었다.

어두워서 상황을 파악하기 어려웠지만 허둥지둥 뛰쳐나올 필요는 없었을지도 모른다.

카슈반 일행과 마찬가지로 헐레벌떡 뛰어나온 아즈베르그가 고용인들이 온 힘을 다해 소화 활동을 벌인 불이라 작아 보였으리라.

어느새 현장에 도착한 리드렉이 지휘를 해서 고용인은 너무 서두르지 않고 움직였다.

분명히 사용하지 않는 작은 방이 있던 곳이다.

알리시아는 작은 저택 안 개요도를 머릿속에서 전개해보았다.

주방에서 가깝다면 가까운 곳이었다. 하지만 자연적으로 불이 날 만한 곳은 아니었다.

"무리하지 마라, 꼬마 도련님. 무섭다면 좀 더 저택에서 떨어져."

공포 때문인지, 추위 때문인지 몸을 가늘게 떠는 티르나드에게 카슈반은 한마디 말을 걸었다.

"시, 시끄럽다. 괜찮다고 말했잖아!"

"괜찮아 보이지 않으니까 물어본 거다."

섣불리 참견해도 오히려 역효과만 불러오리라 여긴 카슈반은 더는 아무 말도 하지 않았다.

티르나드는 카슈반이 아무 말이 없어도 없는 대로 불만스러운 모양이었다.

카슈반은 그런 티르나드에게서 루아크에게 시선을 옮겼다.

"이곳 고용인은 진짜로 소화 활동을 하는 것 같다. 일부러 저택에 불을 냈다고 생각하기는 어려워. 역시 아즈베르그 공작이 저지른 짓은 아닌 모양이야."

"그렇겠지. 아— 혹시, 형님이 저택에 불을 질렀던 어딘가 귀족 어르신이 벌인 복수가 아닐까? 그렇다면 디네로 저택 사람들에게는 정말 민폐라고."

루아크가 뜻밖에 가능성이 있는 일을 말하자 카슈반은 흥하고 코웃음을 쳤다.

"아즈베르그 지방은 연중 눅눅하다. 또 귀족 저택은 대개 돌로 만들어졌지. 당연히 불이 붙기 힘들고 나더라도 쉽게 끌 수 있어. 그 사실을 알기 때문에 굳이 불을 사용했다. 나의 이 관대함을 알아차리지 못했다면 이번에야말로 물로 공격하는 수밖에 없겠군."

"아하하. 그 말, 트레이스 씨가 돌아오면 해줘야지. 어떤 얼굴을 할까나, 그 사람은."

두 사람이 나누는 시답잖은 대화를 들으면서, 알리시아는 난생처음 본 실제 화재 현장이 보여주는 광경에 완전히 빠져들었다.

"아하. 모래를 뿌려 불을 끄는구나⋯⋯. 대단해. 카슈반 님. 좀 더 가까이 가서 보면 안 될까요."

"예예. 그러세요. 그러세요."

카슈반이 아니라 노라가 대단히 상냥하게 대답했다.

카슈반은 당연히 아내의 간절한 요청을 기각했다.

"안 돼. 너는 어설프게 불을 두려워하지 않아서 오히려 더 위험해."

"유감이네요⋯⋯. 아, 디네로 님이."

미련이 잔뜩 남은 모습으로 화재 현장을 보던 알리시아의 시야에,

밤눈에도 뚜렷하게 보이는 하얗고 키가 큰 그림자가 저택을 나와 걷는 모습이 잡혔다.

저택 주인 스스로 화재 현장을 보러 갈 생각인 모양이었다.

"……아즈베르그 공작도 불을 그리 두려워하지 않네요."

"그러네. 하지만 디네로 님. 몸에 불을 붙여도 왠지 안 탈 것 같지?"

노라와 루아크는 미묘하게 본인에게 실례인 대화를 나누었다.

그런 대화나 나누는 두 사람 곁에서 카슈반은 한층 디네로를 노려보듯이 서 있었다.

그러다가 불현듯 알리시아에게로 시선을 되돌렸다.

"꺅!"

알리시아는 눈 깜짝할 사이에 카슈반의 팔에 다시 안겼다. 수호석이 든 주머니가 가슴 위에서 흔들렸다.

깜짝 놀란 알리시아를 왼손으로 안은 카슈반은 허리에서 검을 빼들고 외쳤다.

"루아크, 노라를!"

"네엣."

주인이 명령하자 루아크도 노라를 훌쩍 안아 올렸다.

루아크는 체구가 작았지만 힘은 상당히 센 모양이었다.

꺄아라든지 캬아라든지 시끄럽게 구는 하녀를 안아 들어도 자세는 안정감이 있었다.

"세이그람. 도련님을 지켜라!"

"……별수 없군요."

카슈반이 이어 말하자 세이그람은 안경을 밀어 올리며 한숨을 쉬었다.

남성진 중에서 혼자 상황을 파악하지 못한 티르나드는 겁먹은 눈으로 주위를 둘러보았다.

"뭐, 뭐야. 대체 무슨 일이 벌어진다는 거야, 우왓!"

아무 설명도 없이 손을 뻗어온 세이그람이 티르나드의 목덜미를 움켜쥐고 억지로 자신의 등 뒤로 돌렸다.

간발의 차이로 그때까지 티르나드가 서 있던 지면에 불화살 하나가 날아와 꽂혔다.

"무슨 일이 벌어지는지는 아직 정확하게는 모릅니다. 일단 위험하다는 점만큼은 알아주시겠습니까?"

세이그람은 쌀쌀맞게 중얼거렸다.

그 손에는 어느새 날이 아주 가느다란 세검이 쥐어져 있었다.

그냥 보기에는 지적인 미남이라는 분위기였지만 검술도 익힌 모양이었다.

"레이덴 백작, 이 틈에 먼저 저택으로 돌아가세요. 당신도 위험하고, 당신을 감싸는 저도 위험합니다."

실로 합리적인 말에 티르나드는 반론을 하지 못했다.

티르나드는 분해 보였지만 디네로의 저택을 향해 달리기 시작했다.

이미 그곳에는 카슈반과 루아크, 그리고 두 사람이 날랐던 알리시아와 노라가 두꺼운 기둥 그림자에 숨어 있었다.

세이그람은 뒤를 이어 계속 날아오는 불화살의 궤적을 확인하면서 기회를 엿보다가 다들 숨은 기둥 그림자로 도망쳤다.

화살은 아직은 이들이 숨은 현관까지 날아오지 않았다.

적은 아직 모습이 보이지 않았다.

"어머, 이번에는 적이 기습하네요! 저기 노라. 노라는 기습을 당한 적 있나요? 나는 처음이에요!"

"저택이 불에 탄 적도, 화살에 맞을 뻔한 적도 없습니다! 이런 일은 두 번 다시 사양하겠어요!"

그렇지 않아도 신경을 곤두세우고 있던 노라는 비상사태에 가슴이 두근거리는 마님에게 빨간 머리를 마구 흐트러뜨리며 외쳤다.

노라가 외치는 소리를 등 뒤로 들으면서 불규칙한 간격을 두고 날아오는 불화살을 지켜보며 카슈반은 루아크에게 물었다.

"루아크. 인원을 알 수 있겠나?"

"화살을 쏘는 사람은 네다섯 명 정도. 건너편 덤불 안에서 쏘고 있어."

밤의 어둠 따위에 조금도 방해받지 않는 루아크의 눈에는 현관에서 별로 멀리 떨어지지 않은 덤불 속에서 번쩍번쩍 춤추는 불을 쉽게 구별했다.

"불화살은 멀리 쏘지는 못하니까 별수 없었겠지만. 이왕 화살을 사용하려면 적당히 거리를 둬서 이점을 좀 더 살리는 편이 좋았을 텐데. 그럼 살짜쿵 정리하고 오도록 하겠습다."

소년의 은색 머리카락과 어느새 손안에 출현한 은색 침이 달빛과 아직 타오르는 불화살 빛을 받아 반짝 빛났다.

루아크가 움직였구나.

알리시아가 생각한 순간에는 이미 반짝임이 어둠 속에 녹아들어 사라진 채였다.

"우왓!"

"뭐냐, 큭. *끄아!*"

대신 몇 명인가 남자가 비명을 질렀다.

루아크가 적이 숨어 있다고 말했던 덤불 건너편에서였다.

암살자인 루아크는 눈에도 보이지 않을 정도로 빠르게 움직일 뿐 아니라, 손에 든 무기에는 인간이 순식간에 절명할 만큼 비료불요초에서 추출한 독이 발라놓았다.

독에 익숙한 루아크나 알리시아가 아니면 스치기만 해도 전투 능력을 빼앗을 수 있었다.

"한 사람 정도는 살려둬라. 나중에 이야기를 들을 필요가 있으니. 만약 내가 불을 붙였던 저택 관계자가 사주했다면 이번에야말로 본 채에 불을 붙여주겠다."

매번 깔끔하게 일을 처리하는 루아크의 솜씨에 카슈반은 주문을 덧붙였다.

그러다 돌연 다른 방향에서 비명이 들려와서 반사적으로 돌아보았다.

"……제길. 저쪽에서도 나왔나."

카슈반은 몹시 불쾌한 기분을 느끼며 중얼거렸다.

이번 비명은 불이 타오른 곳 근처에서 들렸다.

"병력을 둘로 나누어 시간차 공격을 했군요. 그럭저럭하는데요."

전 가정교사였기에 직업상 체질이 되었는지 세이그람은 채점하는 어조로 말했다.

그러는 사이 습격자에게서 도망친 아즈베그르 저택 고용인들이 당황해서 현관을 향해 달려왔다.

"왜 이쪽으로 도망치는데요!"

노라가 비난 섞인 목소리로 외쳤다.

사람들이 이쪽으로 도망치면 저택을 습격한 자들도 당연히 쫓아서 이쪽으로 올지도 모른다는 걱정을 했기 때문이었다.

슬픈 예감은 적중했다.

검은 천으로 얼굴을 감싼 습격자들도 도망치는 고용인 뒤를 따라왔다.

현관 쪽에 나타난 자들과 달리, 화재 현장에 출현한 적병은 활이 아닌 검을 손에 들었다.

덕분에 차례로 활에 맞아 죽을 일은 없었다.

하지만 리드렉을 필두로 고령자가 많은 아즈베르그가 고용인들은 도망치기만 할 뿐, 반격은 할 수 없었다.

몰린 끝에 일방적으로 학살당할 가능성도 높아 보였다.

"가운데 끼어버렸나. 싸울 수밖에 없겠군."

현관 쪽에서 출현한 적병도 있었기에 카슈반은 부아가 치밀어 내뱉었다.

화재 현장에서 달려오는 적병과 현관 근처에서 나타난 적병 사이에서 협공을 당할 상황에 부닥친 상태였다.

"어머, 디네로 님."

알리시아가 도망쳐오는 사람 중 가장 눈에 띄는 디네로를 발견했다.

디네로는 평상시처럼 무표정했다.

필사적인 얼굴로 도망치는 주위 사람들과 비교하면 그 평온은 이상하리만큼 눈에 두드러졌다.

"……약한 것 같군, 저 녀석."

발도 그리 빠르지 않은 모양이었다.

디네로는 도망치는 사람들 가장 뒤에서 달리고 있었다.

루아크에게 디네로가 멋지게 뒹구는 모습을 전해 들은 카슈반은 순간, 표정에 어둠이 스치고 지나갔다.

하지만 가볍게 머리를 저어 떨쳤다.

카슈반은 숨어 있던 기둥에서 빠져나와 습격자들을 향해 달려갔다.

"세이그람. 엄호해라!"

"맙소사. 전 비싸답니다."

용병다운 말투에 익숙해졌다기보다는 원래 성격이리라.

어깨를 가볍게 으쓱인 세이그람은 카슈반을 쫓아 뛰어나갔다.

"어머, 카슈반 님. 디네로 님을 구해주시려나 봐요. 다행이다."

기쁜 듯 미소 짓는 알리시아 옆에서 노라는 기둥에 달라붙어 떨었다.

"아, 아즈베르그 공작님을 구하러 가는 것까지는 좋지만, 우리는 괜찮을까요?! 싸울 수 있을 법한 사람들은 전부 가버렸잖아요. 복병이 더 없다고 단언할 수 없다고요!"

"어머나, 그러게요. 저택 안으로 들어가는 편이 좋을까요. 하지만 아직 연기가 꽉 차서, 안은 안대로 위험해요, 노라."

노라도 알리시아도 완전히 전력 외로 취급한 티르나드가 외쳤다.

"제가 있습니다, 알리시아 님! 걱정하지 마십시오!"

"당신이 있으니까 한층 더 걱정이라고요! 그렇게 팔도 다리도 떨리는데 대체 어떻게 싸우겠어요! 검이 빗나가면 오히려 이쪽이 위험하다고요! 게다가 검조차 들지 않았잖아요, 당신은!"

노라가 절반쯤 화풀이 삼아 소리를 버럭 질렀다.

그 말에 알리시아는 잠시 생각에 잠겼다.

"레이덴 백작님은 분명히 강하지 않겠죠. 하지만 노라, 그런 사람도 나름대로 싸우는 방법이…… 음, 그러니까, 뭐였더라. 방패막이?"

"알리시아 님, 방패막이 취급은 너무 심하십니다!"

전력이라기보다 일종의 방어막 취급을 당한 티르나드가 절규했다.

"……방패막이 정도라면 다행이겠네요. 이분이라면 아무렇지도 않게 저를 방패로 삼으실 걸요. 마님이 상대라면 다소 버텨 주실지도 모르겠지만요."

노라와 티르나드는 처음 얼굴을 마주했을 때부터 서로 뜻이 맞지 않았다.

그래서 무슨 일만 생기면 이렇게 소모적으로 서로 고함을 질러 댔다.

점점 상하고 아파지는 마음을 숨김없이 표정에 섞어 내보내는 노라를 위로하듯이 알리시아가 제안했다.

"괜찮아요, 노라. 나도 별로 강하지는 않지만, 방패막이 정도는 돼 줄게요."

"……예? ……왜요?"

비아냥도 잊어버리고 솔직하게 되묻는 하녀에게 알리시아는 생긋 웃으면서 대답했다.

"노라는 내 전속 하녀고 소중한 친구잖아요. 카슈반 님 애인이기도 하고요."

카슈반의 정실인 소녀가 전반은 둘째 치고, 후반은 솔선해서 노라를 방패막이로 삼아도 될법한 이유를 늘어놓았다.

"……마님 스스로 방패막이가 돼주신다고요. 흥. 좋은 마음가짐이군요."

순간 침묵했지만 사이를 두고 노라는 밉살스러운 목소리를 냈다.

절반 정도는 저도 모르게 침묵한 자신이 왠지 분했기 때문이었다.

"하지만 마님. 마님은 키도 가슴 크기도 다 저보다 작으시죠. 마님 뒤로 제 몸 이곳저곳이 튀어나온다고 생각하면 우수한 방패막이는 못 될 것 같네요."

"그러네요. 그러면 제가 노라의 방패막이를 할 테니, 레이덴 백작님이 제 방패막이를 해주세요."

"알리시아 님을 위해서라면 기꺼이 방패막이가 되어드리겠습니다!"

이미 방패막이 취급을 받는다고 불평할 단계는 지나버린 상태였다.

티르나드는 자포자기한 심정으로 내뱉었다.

그런 티르나드에게 노라는 문득 생각났다는 듯이 한 걸음, 거리를 두었다.

"……과연 그럴까요? 카슈반 님이 말씀하시기로는 당신은 '날개의 기도'와 연결돼 있을지도 모른다던데요."

티르나드는 카슈반이 자신을 의심의 눈초리로 바라보던 날을 떠올렸다.

갑자기 어두운 표정으로 고개를 숙였다.

"─나는."

고뇌하는 티르나드의 말은 가까이에서 터진 절규에 지워졌다.

세 사람은 움찔해서 그쪽을 바라보았다.

화살이 날아오던 덤불 건너편에서 한 남자가 공중제비를 돌면서 굴러 나오는 모습이 눈에 비쳤다.

매우 소중한 물건처럼 활을 껴안은 그 남자는 숨이 완전히 끊어지지는 않았다.

그러나 루아크가 찌른 독침의 영향일까. 아무렇게나 내던져진 팔도 다리도 미세하게 경련하고 있었다.

그 꼴로는 활을 시위에 먹여 쏜다는 재주는 도저히 부리지 못하리라.

"미안. 한 사람 놓쳤어. 움직이지 못하리라 생각하지만 조심해!"

먼 어둠 저편에서 고군분투하는 루아크의 목소리가 들려왔다.

원호도 없는 상태에서 당신으로 계속 싸운다는 점을 고려해 볼 때, 지금까지 겨우 한 사람만 놓쳤다니 대단한 실력이었다.

그 한 사람도 목숨까지는 빼앗지 못했지만 충분히 전투력을 깎아 놓은 상태였다.

"……루아크는 정말 강하군. 세이그람도 강해. 트레이스는 힘은 강하지 않지만 라이센의 뜻을 헤아릴 줄 알고, 또 정면에서 의견을 제시할 수 있어. 라이센도 강하고……."

매우 분하다는 듯이 중얼거리는 티르나드가 다음으로 시선을 돌린 곳은 카슈반과 세이그람 쪽이었다.

두 사람은 도망쳐온 고용인과 교대하듯 검을 쥐고 앞으로 나아가 저택을 습격한 자들과 싸우고 있었다.

이미 몇 명인가는 베어 쓰러뜨렸다.

두 사람 발밑에는 꿈쩍도 하지 않는 그림자가 굴러다녔다.

상대는 수가 많아서 아무래도 밀리고 있었지만 포위되는 상황까지 이르지는 않았다.

되도록 싸움을 일대일로 끌고 가면서 서서히, 착실히 적을 줄여 간다.

그 솜씨는 강공작과 용병단 일원이라는 직함에 걸맞았다.

두 사람 활약으로 도망친 아즈베르그가 고용인들은 차례로 알리시아 일행이 있는 현관까지 무사히 도착했다.

알리시아는 자리에 주저앉은 나이가 지긋한 하녀의 등을 문질러 주면서 강한 남편의 모습에 눈을 빛냈다.

"카슈반 님 대단하세요. 거기에 세이그람 님도. 방패막이 같은 게 필요 없어 보여요."

"당연하지요. 뭐라 해도 제 눈에 든 남자니까요. 옥에 티라면 여자 취향이 조금 안 좋은 점이지만요."

풍만한 가슴을 한층 더 내밀듯이 몸을 편 노라는 주인이 있는 쪽을 유심히 살펴보고는 의아한 표정을 지었다.

"……그보다 저 공작님은 대체 뭐죠. 예정에 없는 일은 무엇 하나 하시지 못하나요?"

베는 맛이 둔해져서 그럴까.

카슈반과 세이그람 쓰러진 상대에게서 검을 빼앗아 계속 싸웠다.

아즈베르그가 사람들은 전원 현관 앞까지 도망쳤다.

하지만 카슈반과 세이그람 등 뒤에는 이유는 알 수 없었지만 디네로와, 더불어 리드렉까지 남아 있었다.

그렇다고 두 사람을 원호하냐면 그것도 아니었다.

너무 놀라서 움직이지 못하는 느낌도 아니었다.

허리에 찬 검을 뺄 기색이 전혀 없어 보이는 디네로는 몸을 굽히고 무엇인가를 하고 있었다.

이미 숨이 끊어진 적병 얼굴을 가린 천을 들추고 누구인지 확인하는 것 같았다.

"저분에게도 '날개의 기도'가 접근했죠. 어쩌면 이 화재는…… 설마 공작님이 태도가 확실치 않아서 초조해진 '날개의 기도'가 카슈반님을 습격하려고 불을 냈을까요?"

두 사람의 가까이에는 아직 불안해 보이는 아즈베르그가 고용인들이 있었다. 화제가 화제니 만큼 노라는 자연스럽게 목소리를 낮췄다.

하지만 알리시아는 보통 때 내던 목소리 크기로 대답했다.

"그럴지도 모르겠네요. 어쩌면 같은 편인지 확인하는 중일지도요."

"……그렇다면 확인하기 전에 구해주는 편이 좋을 텐데요. 죽은 후에 확인해도 의미가 없잖아요."

아주 지당한 말을 하며 노라가 질렸다는 얼굴로 지켜보는 가운데, 아직 네다섯쯤 남은 적병이 절규하는 소리가 현관까지 들려왔다.

"아즈베르그 공작. 왜 그 남자를 베지 않습니까!"

"역시 라이센에게 포섭당했나!"

"저 남자 편을 드는 이상, 당신도 살려둘 수 없습니다! 각오하십시오!"

"……어머나?"

노라는 저도 모르게 여느 때 알리시아처럼 얼빠진 소리를 냈다.

그러던 사이, 소리를 치던 남자 중 하나가 디네로를 향해 억지로 돌진했다.

그 남자는 곧 카슈반이 반사적으로 다리를 걸어 저지했다.

남자가 외쳤던 말에는 그 누구도 예상하지 못했던 내용이 담겨 있었다.

"얘기가 서로 맞지 않는걸요. 저쪽은 아즈베르그 공작님이 카슈반 님 아군이 됐다고 생각하는데요."

혼란스러운 모습으로 노라가 말했다.

카슈반도 혼란스러운 모양이었다.

조건 반사로 디네로에게 돌격하는 남자는 저지했지만 다른 남자가 휘두른 검을 검으로 받아넘기며 크게 뒤로 물러났다.

"카슈반 님!"

"라이센!"

알리시아와 티르나드가 동시에 외쳤다.

지금 한 후퇴가 적의 기세를 살려주었는지 카슈반은 완전히 방어 태세를 취했다.

"제길!"

방패 대신 손에 든 검으로 상대를 막으면서 슬슬 뒤로 물러나는 카슈반은 점차 알리시아가 있는 현관 앞까지 가까워졌다.

덕분에 카슈반이 초조하게 혀를 차는 소리도 잘 들렸다.

무엇보다 디네로를 향한 검까지 막아주고 있는 카슈반의 등 뒤에서 이런 말도 또렷하게 들렸다.

"라이센. 기다려. 얼굴을, 확인하고 나서, 베라."

"우리를 죽이려고 달려드는 녀석들이다! 일일이 얼굴을 확인할 틈이 어딨나!"

"베고 나서, 확인하면, 이미 죽었다."

그 당연한 말에 기분 전환을 하는 기세로 카슈반은 틈을 봐서 정면에 있는 적의 배를 있는 힘껏 걷어찼다.

공작가 당주치고는 난폭하며 실전에 강한 전투 방식은 검에서 스승인 용병 발로이의 영향이리라.

때때로 귀족답지 않은 더러운 말을 사용하는 이유가 그 탓일지도 몰랐다.

"알리시아, 노라, 레이…… 아, 귀찮아. 티르! 도망쳐라!"

티르나드를 레이덴 백작이라고 부를 시간조차 아까운지 카슈반이 외쳤다.

분명히 현관 앞까지 거리가 거의 남아 있지 않았다.

카슈반과 세이그람이 조금이라도 틈을 보이면 등 뒤에 있는 알리시아와 노라, 티르나드, 디네로와 리드렉, 아즈베르그가 고용인도 위험해진다.

"티르······?!"

티르나드는 처음으로 애칭으로 불리는 바람에 깜짝 놀라서 서 있었다.

그 옆으로 아즈베르그가 고용인들이 당황해서 도망치기 시작했다.

"말씀하시지 않아도 그럴 거예요! ······자 마님, 제 방패막이가 돼 주셔야 하니 함께 도망쳐요!"

알리시아는 노라에게 팔을 붙잡혀 다가오는 적병 반대쪽으로 발을 내디뎠다.

카슈반과 세이그람도 기세가 오른 적의 공격을 어떻게든 받아넘기며, 반격의 횟수를 점차 늘려 주도권을 되찾으려고 싸우고 있었다.

─그때.

아까 전에 루아크의 독침을 맞고 덤불 건너편에서 굴러 나온 남자가 비틀비틀 일어섰다.

손도 다리도 아직 부들부들 떨려서 이미 활을 시위에 먹이고 쏘는 기교는 부릴 수 없었다.

그러나 몸이 자유롭지 않기 때문에 남자의 눈에서는 한층 격렬해진 집념이 불꽃처럼 타올랐다.

떨리는 손으로 화살을 두 개 그러쥐더니 남자는 극단적으로 몸을 앞으로 숙인 자세를 취하고 앞으로 뛰어나갔다.

"라이센 죽어라아아!"

독이 돌기 때문일까.

기묘하게 혀 짧은소리가 나는 외침에는 듣는 자를 얼어붙게 만들 수 있을 만큼 괴이한 박력이 담겨 있었다.

카슈반은 남자 쪽으로 등을 향하고 정면에 있는 적의 공격을 받아내고 있었다.

남자는 앞으로 고꾸라질 것 같은 자세로 일직선으로 달려갔다.

"카슈반 님!"

남자는 바로 곁에 있던 알리시아와 노라에게는 눈길도 주지 않고 카슈반에게로 광기를 품은 속도로 달려갔다.

알리시아가 반사적으로 남자를 제지하고자 손을 뻗었지만 이미 때는 늦었다.

티르나드의 등이 피로 물들었다.

"티르나드!"

"레이덴 백작님?!"

등 뒤에서 일어난 의심스러운 일을 알아차렸어도 바로 돌아볼 수 없었던 카슈반과 세이그람은 그 자리에 무너져 내리는 티르나드의 모습에 경악한 목소리를 냈다.

"바, 방패막이 정도는 돼. 줬다. 고……."

티르나드는 그렇게 신음하면서 무너져 내렸다.

척추를 비껴간 등허리 오른쪽 아랫부분에 상처가 있었다.

조금 전 화살을 꽂은 남자는 마지막 힘을 쥐어짰기 때문일까.

그 바람에 독이 완전히 돌았는지 티르나드 발밑에서 이미 숨진 것 같았다.

하지만 온 힘을 담아 꽂은 화살 두 개는 티르나드의 허리에 깊숙이 박힌 채였다.

"레이덴 백작님!"

당황해서 달려간 알리시아는 티르나드의 몸을 부축했다.

흘러나오는 피로 구두 끝이 젖는데도 개의치 않았다. 티르나드가 땅에 쓰러지는 기세로 머리를 부딪치지 않도록 필사적이었다.

"잠깐, 아 진짜 이번엔 또 뭔가요?!"

노라도 알리시아 곁으로 다가와서 티르나드 허리에 박힌 화살을 빼려고 했다.

하지만 그 손을 알리시아가 막았다.

"안 돼요, 노라. 상처 입구를 막는 화살을 빼면 출혈 과다로 훌륭하게 죽일 수 있어요. 아, 이게 아니지. 음, 그러니까 어쨌든 의사 선생님에게 보이기 전에는 빼지 않는 편이 좋아요."

한쪽으로 치우친 취미에 따라 독서를 한 덕분에 알리시아는 이런 사태에 관한 지식도 갖고 있었다.

단, 한쪽으로 치우친 취미 때문에 표현이 자주 어긋났다.

"의사 선생님에게 보일 때까지 버틸 수 있을까요, 이분……?!"

알리시아가 하는 말에 노라는 손을 다시 거둬들였다.

그러나 이미 충분히 피를 흘린 티르나드는 얼굴이 창백했고, 입술에서 잠꼬대 같은 소리가 계속 흘러나왔다.

"어떠냐…… 나도…… 네놈에게, 도움이…… 됐단……."

어디를 보는지 명확하지 않은 티르나드의 눈동자에는 차갑고 엄격한 후견인의 환상이 비치는 것 같았다.

"버, 버려지지 않아. 나는, 이제 누구도, 날 버리지 않게 할 거……. ……이젠, 유란……."

"안 돼요, 레이덴 백작님. 정신 차리세요!"

비명과도 닮은 소리를 내는 알리시아의 목소리에 호응해 그 순간에도 계속 싸우고 있던 카슈반이 으르렁거렸다.

"제길. 바보자식! 네놈들은 방해되니까 빨리 죽어 버렷!"

"동감입니다!"

이곳에 와서 처음으로 카슈반과 파장이 맞는 구석을 보이는 세이그람도 티르나드를 돌아보며 외쳤다.

적병은 이제 두 명으로 줄었다.

카슈반도 세이그람도 체력이 떨어졌다.

그래도 기력을 쥐어짜서 엄청나게 박력 넘치는 기세로 상대방을 노려보았다.

그런 카슈반 눈앞에 갑자기 누군가가 하얀 손을 들이밀었다.

움찔해서 무의식중에 몸을 뺀 두 사람 앞으로 커다란 하얀 그림자가 미끄러져 들어왔다.

카슈반, 세이그람과 마찬가지로 몸을 뒤로 뺀 두 적병의 얼굴을 가린 천도 찢어져 허공을 날았다.

"아는, 얼굴이, 아니다."

시간이 멈춘 것처럼 순식간에 쥐 죽은 듯 고요해진 밤의 어둠 속에서, 달빛에 옅은 색 금발을 휘황하게 빛내며 디네로가 말했다.

평상시 둔한 모습은 어디로 갔는지 눈 깜짝할 사이에 저택을 습격한 자들 얼굴을 달빛 아래에 드러나게 한 동작은 보통내기가 아니었다.

"너희는, 내, 영민이, 아니다."

아까부터 집요하게 얼굴을 확인하라고 부르짖었던 이유는 영민인지 아닌지를 알고 싶었기 때문이었으리라.

"'날개의 기도'에서 파견한 자, 인가?"

디네로의 입에서 조직명이 명확하게 흘러나오자 저택을 습격한 자들은 얼굴에 한층 더 경련을 일으켰다.

그와 대조적으로 디네로는 어디까지나 무표정했다.

그러나 기분 탓인지 딱 버티고 선 모습에서 기묘한 박력이 점차 강해지고 있었다.

"그렇게, 라이센이, 영주인 것이, 불만인가?"

"다, 다, 당신이야말로 불만을 가져야 합니다!"

정체를 알 수 없는 박력에 눌려서일까.

저택을 습격한 자 중 한 사람이 외쳤다.

정체를 감추기 위해서일 것이다. 복장에서는 날개의 문장 같은, 교단에 속하는지를 나타내는 물건은 일체 찾아볼 수 없었다.

하지만 디네로가 하는 말을 부정하는 기색도 없었다.

"우리는 정당한 일을 할 뿐입니다! 아즈베르그 땅은 원래부터 지방백인 아즈베르그 공작가의 것이어야 할 터! 하르바스트라면 몰라도 하녀의 피가 섞인 라이센에게 더럽혀져……!"

그 말에 카슈반은 디네로의 등 뒤에서 검을 다시 거머쥐었다.

"눈을 뜨십시오! 이대로라면 아즈베르그 지방은 물론 레이덴도 페이트린도, 어쩌면 오뎰 같은 지방백까지 라이센에게 좋을 대로 휘둘

리게 될지 모릅니다! 그렇게 된 후에는 늦는단 말입니다!"

가까운 곳에 있는 지방백들을 대충 읊은 남자의 눈에서 힘이 되살아났다.

"라이센을 펀드신다면 차라리 이곳에서 아즈베르그 공작에게 날개를 부여하는 것이 우리의 역할. 공작, 각오하십시오!"

그렇게 외치며 남자는 검을 내리쳤다.

남자의 손에서 검이 날아가 지면을 굴렀다.

눈 깜짝할 사이에 무기를 잃어버린 남자는 눈에 보이지 않는 속도로 검을 빼서 일격을 날린 디네로를 어안이 벙벙한 얼굴로 바라보았다.

옆에 있던 남자는 검이 날아가지는 않았지만, 거머쥔 검을 휘두르는 것도 잊고 역시나 멍청히 서 있었다.

"……그럴 수가…… 엄청, 약할, 텐데……."

"너희는, 내, 영민이, 아니다. 그렇다면, 적당히, 할, 필요가 없지."

이미 영주도 아닌 주제에.

카슈반이 질릴 정도로 디네로는 자신이 다스리는 땅에 사는 자들을 사랑하고 또 그들에게 사랑받고 있었다.

조금이라도 자신이 돌아보는 땅의 영민일 가능성이 있다면 손을 대지 않는다.

단지 그것뿐이었다고 디네로는 행동으로 말했다.

"라이센은, 좋은 영주다, 나는, 영민의, 행복을, 바라고 있어"

진부한 대사였다.

하지만 적어도 디네로의 말에는 듣는 이가 수긍하게 하는 힘이 있었다.

"너희는, 내, 저택을, 불태웠다, 고용인을, 다치게 했다."

달빛을 받아 빛나는 옅은 금색 머리카락과 은색 칼날.

여느 때와 똑같은 무표정한 얼굴에 냉혹함을 더해 담담하게 말하는 디네로의 검이 다시 움직이려고 했다.

직전에 카슈반이 디네로를 멈춰 세웠다.

"기다려, 디네로. 죽이지 마라!"

티르나드와 다르게 처음으로 이름으로 불린 데는 반응하지 않고 디네로는 물었다.

"뜻밖에, 상냥하군. 저들을, 살려주는 건가?"

"그게 아냐. 저 녀석들에게는 여러 가지 물어볼 게 있다. 그러려면 최소한 입을 놀릴 수 있는 상태라야 해. 아니면 곤란하단 말이다!"

말하기가 무섭게 라이센은 세이그람과 눈짓을 교환하고는 살아남은 두 적병 겨드랑이에 양손을 집어넣고 목 뒤에서 깍지를 껴 움직임을 봉했다.

디네로가 보이는 불길한 박력에 눌려 전의를 상실하고 있던 두 사람은 허를 찔려 허무하게 제압되었다.

"카슈반 님, 레이덴 백작님이 위험합니다!"

겨우 살아 움직이는 적병이 없자 노라가 큰 목소리로 티르나드의 위험한 상태를 호소했다.

"레이덴 백작님! 눈을 뜨세요! 카슈반 님도 아마도 당신을 좋아하실 거예요! 지금 눈을 뜨면 은혜를 베풀 수 있답니다! 일어나지 않으면 손해 보시는 거예요, 백작님!"

흐려지는 의식을 계속 붙잡아두기 위해 알리시아는 있는 힘껏 계속해서 열심히 티르나드를 불렀다.

그러나 알리시아가 부르는 소리에도 티르나드는 의미 불명인 신음만을 낼 뿐이었다.

적병을 포박하고 재갈을 물리는 역할을 세이그람에게 맡기고 카슈반은 재빨리 말했다.

"알고 있다. 이봐, 디네로. 주변에 의사는 없나!"

"리드렉."

바로 튀어나온 이름에 카슈반은 일순 놀란 얼굴을 했다.

조금 떨어진 위치에서 기다리던 리드렉이 대답했다.

"주제넘는 말이오나, 주인님을 지키는 자로서 일단 응급 처치 지식 정도는 익히고 있습니다."

우선은 한마디 말하고 나서 리드렉은 카슈반을 향해 머리를 깊게 숙였다.

"감사합니다. 공작 각하 덕분에 고용인 중에 부상자가 나오지 않고 끝났습니다."

"신경 쓰지 마시게. 내가 있는 탓에 그대들도 휩쓸렸을 테니. 나야말로 미안하군. 그것보다 티르나드를 부탁하네."

짧지만 지금까지 관계에 변화가 생겼음을 보여주는 말을 주고받는 두 사람 옆에서 디네로가 움직였다.

"내가, 옮기지."

이번에는 느릿한 동작으로 검을 칼집에 집어넣은 디네로는 피투성이가 된 티르나드에게 다가갔다.

부주의하게 등허리에 박힌 화살을 건드리지 않도록 주의하면서 축 늘어진 몸을 안아 올려 저택 안으로 들어갔다.

"강공작 각하. 저도 용병식이기는 하지만, 다소 의술을 익혔습니다. 도움이 될지도 모릅니다."

"저, 저도 도와드리겠어요, 카슈반 님."

포로들을 다 포박한 세이그람과 하녀 복을 티르나드의 피로 물들인 노라도 디네로의 뒤를 쫓아갔다.

아즈베르그가 고용인은 아직 피로에서 회복하지 못했으니 젊은 두 사람이 돕는 편이 좋으리라.

"알았다. 이봐. 바로 응급 처치를 해야 할 필요가 있는 다른 부상자는 없나!"

시원시원하게 지휘를 내리는 카슈반도 검은 머리카락이 흐트러지는 등 상당히 피곤해 보였다.

옷에 몇 군데 검에 베여 찢어진 자국도 있었다.

옷이 검은색이라 알아보기 힘들었지만 피도 배었을 것이다.

누구보다도 휴식이 필요한 남편에게 알리시아가 티르나드의 피로 더러워진 모습으로 다가갔다.

"카슈반 님은, 괜찮으신가요? 여기저기 다치신 것 같은데요."

"긁힌 상처다. ……너, 그거 티르나드 피지?"

확인하는 목소리를 내는 남편에게 알리시아는 생긋 웃어 보였다.

"네에. 괜찮답니다. 분명히 이것이 저를 지켜줬을 거예요."

그렇게 말하면서 목에 늘어뜨린 수호석이 든 주머니를 만져보았다.

천 너머로 울퉁불퉁한 감촉을 확인하자니 차가운 밤바람에 차갑게 식었던 손가락이 조금 따뜻해지는 듯 느껴져 신기했다.

"그랬나. 도움이 돼서 잘됐군. 주머니만큼은 새것으로 바꾸는 게 좋겠지만."

불이 났을 때 침실에서 이것만큼은 갖고 가야 한다면서 알리시아가 수호석을 들고 나왔었다. 그런 수호석을 집어넣은 주머니에도 티르나드의 피가 묻어 있었다.

카슈반은 남편에게 들은 대로 주머니를 여는 아내에게서 시선을 돌렸다.

퍼뜩 생각이 난 점을 확인하기 위해 이미 진화가 끝난 화재가 시작된 곳을 바라보았다.

"그러고 보니 화재는 완전히 진화……."

완전히 잊어버렸던 화재를 카슈반이 언급한 순간.

"라이센, 죽어라!"

조금 떨어진 위치에서 노성이 들리더니 달빛 아래에서 검을 거머쥔 적병 한 명이 똑바로 카슈반을 향해 달려왔다.

그러나 긴장의 끈이 한번 끊어져 버렸기 때문일까.

피로가 쌓인 손은 생각만큼 움직이지 않았다.

이래서는 늦는다!

"알리시아, 도망쳐!"

"위험해요, 카슈반 님!"

서로를 감싸는 말을 하는 부부의 귀에 팍, 시원스러운 울림이 날아들었다.

달빛 아래.

카슈반은 충격으로 깨진 광물이 반짝반짝 선명한 색채를 흩뿌리면서 산산이 흩어지는 광경을 어이없는 얼굴로 바라보았다.

가까운 거리까지 다가온 적병의 안면에는 수호석이 멋지게 날아가 박힌 상태였다.

작다고는 해도 돌을 얼굴 한가운데로 받아낸 적병은 그대로 뒤로 벌렁 자빠져 더는 움직이지 않았다.

아무 말도 하지 못하는 카슈반을 알리시아가 오른손을 앞으로 내민 투석 자세를 취한 채 바라보았다.

잠시 시간이 지났다.

알리시아는 우후후 조금 곤혹스러운 듯이 웃었다.

"더, 던져, 버렸습니다. 죄송해요."

묘하게 귀여운 동작으로 사죄하는 아내를 물끄러미 바라보며 카슈반은 메마른 목소리로 중얼거렸다.

"……섣불리 고가의 보석을 주지 않아서 다행이라고 생각해야 하는가……? 여기서 던지기를 주저했다면 그것대로 불쌍한데……."

거기까지 말한 카슈반은 더는 견딜 수 없는지 웃음을 터뜨렸다.

"라이센, 알리시아. 너희도, 안으로…… 왜 그러지?"

그러는 와중, 저택에서 두 사람을 부르러 디네로가 나왔다.

디네로는 고개를 갸우뚱했다.

알리시아는 둘째 치고 카슈반과, 어느새 카슈반 옆으로 돌아왔던 루아크가 폭소를 터뜨리고 있었다.

디네로에게는 매우 의아한 일이었다.

[제 5장] 사람은 사람, 장미는 장미

    그럭저럭 웃음도 진정시킨 카슈반과 알리시아는 그 외에 적병이 더 남았는지 아닌지 확인하는 일을 루아크에게 맡겼다.

    그리고 디네로의 안내를 받아 티르나드가 누워 있는 방으로 향했다.

    티르나드가 엎드린 자세로 누운 곳은 주방 옆에 있는 요리사가 머무는 작은 방 침대였다.

    이 방을 고른 이유는 입구에서 가장 가까웠기 때문이었다.

    세이그람이 티르나드의 허리에 박힌 화살을 빼려고 했다.

    "곤란하군요. 상처에 천이 같이 말려 들어갔군요."

    잠옷의 천이 화살촉에 얽혀서 상처에 들어가 버린 모양이었다.

    혀를 찬 세이그람이 상태를 살피듯이 화살을 움직였다.

    그 통증에 티르나드가 눈을 떴다.

    "우, 우우욱."

    티르나드는 고통스러운 소리를 냈다.

    열린 눈에는 방 안에 있는 사람들의 얼굴이 비쳤다.

    좁은 방 안에는 라이센 성에서 온 사람들밖에 없었다.

    리드렉은 노라에게 뜨거운 물과 청결한 천을 준비하게 한 후, 디네로와 함께 고용인들 응급 처치를 하려고 강공작 부부와 교대해 나가고 없었다.

"라이센…… 알리시아 님…… 우왓, 뭘 하는 거냐, 네놈!"

티르나드는 세이그람이 일단 화살에서 손을 떼고 의복을 벗기려는 사실을 알아차리고는 초조한 목소리를 냈다.

"그만해…… 아야, 아프다고. 싫어, 하지 마, 보지 마, 아야야, 만지지 마, 보지 마……!"

눈꼬리에 살짝 눈물을 매달고 외쳐댔다.

티르나드가 느끼는 통증은 꽤 심할 터였다.

그런데 비명에는 '아프다'는 말과 비슷한 정도로 '보지 마'라는 단어가 많았다.

"레이덴 백작님. 너무 움직이시면 안 돼요. 얌전히 계세요."

이번에는 정상적인 알리시아의 말에도 티르나드는 저항을 계속했다.

"그, 그렇게 말씀하셔도……! 아얏! 그만둬 이 바보야, 벗기지 마, 우왓 찢지 말라고……!"

답답해졌는지 세이그람은 피로 더러워진 잠옷을 찢어버리려 했다.

통증도 심할 텐데 얼굴색까지 바꾸고 저지하려는 티르나드의 양팔을 이번에는 카슈반이 잡아 눌렀다.

"날뛰지 마라, 바보 녀석. 상처에 천이 말려 들어갔다. 이대로 내버려 두면 천과 상처가 유착해서 어처구니없는 일이 벌어진다고."

"그, 그래도……."

카슈반이 몸을 움직일 수 없을 정도의 힘으로 양팔을 고정해도 티르나드는 한층 더 중얼중얼 계속 뭔가를 말했다.

애가 탄 카슈반이 버럭 소리를 질렀다.

"상처를 보지 않으면 치료도 할 수 없다! 여자도 아니고 사람들한테 알몸 좀 보이는 정도로 짱알거리지 마라! 세이그람, 얼른 벗겨라!"

"알았습니다."

"싫어! 그만둬! 싫다니까, 보지 맛! 싫다고……!"

카슈반의 명령을 충실히 실행한 세이그람의 손이 움직였다.

상처에서 흘러나온 피로 붉게 물든 야윈 몸이 모든 사람 앞에 그대로 드러났다.

"쓸데없는 녀석……?"

저도 모르게 알리시아가 소리를 내어 읽었다.

티르나드의 하얀 피부에 새겨진 오래된 상처 자국이었다.

'쓸모없는 녀석.'

'쓸모없는 밥벌레.'

'내 아버지는 불덩어리가 되었습니다.'

등이나 허리, 옆구리 등 옷을 입으면 알 수 없는 장소에 그 말들이 흩어져 있었다.

날붙이로 새겨진 듯한 문자는 매우 서툴게 새겨져서 읽기 힘들었다.

일부 글자는 상처가 거의 지워져서 판독할 수 없었다.

하지만 문자와 함께 새겨진 악의만큼은 사라지지 않고 그곳에 남았다.

"……보지 말라고 했잖아……!"

티르나드는 얼굴을 숙이고 부들부들 떨면서 신음했다.

말에는 육체의 통증 때문만이 아닌 눈물이 배어 있었다.

손을 놔주고서 카슈반은 중얼거렸다.

"이건…… 설마, 유란…… 아냐. 훨씬 전, 후견인이 그랬나?"

등이나 허리에 새겨진 상처니 스스로 새겼을 리 없었다.

무엇보다 이런 내용을 본인이 피부에 새겨 넣는다고는 생각할 수 없었다.

전 후견인인 유란이 한 짓인가.

그도 아니리라.

유란은 표면상으로는 어디까지나 유연하고 상냥한 태도를 보이며 티르나드 곁에 있었다.

필연적으로 이런 짓을 할 법한 자가 한정된다. 유란이 후견인이 되기 전 후견인들.

티르나드를 맡은 뒤 맛있는 권한만 쏙 빼먹고 휙 버리기를 반복했다.

티르나드에게 뿌리 깊은 후견인 불신을 심어준 일당들.

"후견인은 아냐……. 그 녀석들 아들이라든가, 그런 놈들이다. 날 바보 취급하고 내려다보고, 괴롭히면서 재밌어했다……!"

명문가 레이덴의 피를 이었다 해도 티르나드는 자신의 의지로 권한을 행사할 수 없다. 실단에서 성인으로 인정받는 18세가 되어야만 권한 행사가 가능했다.

원래부터 권한을 얻을 목적으로 티르나드를 후견한 사람들이었다.

유란 이전 후견인들이 레이덴 영주의 권한을 대행하며 자기들 좋을 대로 행동했던 일은 알리시아도 전에 들어서 알고 있었다.

부모가 행동하는 모습이나 사고방식은 아이들에게도 잘 전해진다.

후견인 아이들은 티르나드를 자기 집에서 돌봐주니까 만만한 존재라고 인식했으리라.

자존심만 높을 뿐 별 능력도 없는 티르나드는 괴롭히기 딱 좋은 표적이었다.

"어차피, 어차피 너도 내가 진짜 애정과 가짜 애정도 구별하지 못하는 바보라고 생각하는 거 아냐?! 그래서 유란에게 속아서 좋을 대로 이용당했다고……!"

굴욕적인 나머지 방울방울 흘러내리는 눈물을 닦지도 않고 티르나드는 카슈반을 노려보며 외쳤다.

"하지만 유란은, 이런 짓을 하지 않았어! 이런 짓은……!"

그대로 얼굴을 침대에 묻고 티르나드는 터져 나오려는 오열을 눌러 죽였다.

높기만 하고 부서지기 쉬운 자존심을 내팽개치고 아이처럼 흐느끼는 티르나드를 보며 알리시아가 중얼거림을 흘렸다.

"……숙부님도 분명히 두 번이나 돈을 받고 저를 신부로 팔아넘기시거나, 저택을 레이덴 백작님께 팔았지만…… 몸에 이런 상처를 입히지는, 않으셨어요."

알리시아는 후견인이었던 숙부 헤이스덤이 벌였던 충분히 심한 행위를 예로 들었다.

아내의 말을 듣던 카슈반이 조용히 말했다.

"세이그람. 어쨌든 화살을 빼고 지혈을."

"……알았습니다."

세이그람은 화살촉에 얽히듯이 남은 잠옷째로 화살을 붙잡았다.

신중하게, 하지만 시간을 들이지 않고 단숨에 허리에 박힌 화살을 빼냈다.

소리를 지를 만큼 지른 티르나드는 이제 저항할 기력도 없는 모양이었다.

화살이 빠지는 순간 움찔 크게 경련했지만 비명조차 지르지 않았다.

옆에서 대기하던 노라가 바로 깨끗한 천을 대고 눌러서 상처에서 흘러나온 피를 재빨리 멈추게 했다.

치료를 시작하는 광경을 보면서 카슈반은 손을 뻗어 티르나드의 갈색 머리에 손을 얹었다.

"네가 속은 이유는 유란이 품었던 감정이 가짜 애정이 아니었기 때문이다."

티르나드는 너무 우는 바람에 퉁퉁 부은 눈을 꿈틀 떨었다.

카슈반은 피후견인의 머리를 알리시아에게 할 때보다 다소 난폭하게 쓰다듬으면서 말을 계속했다.

"유란은 진심으로 그런 형태로 날 배제하는 행위가 너를 위한 길이라 생각했다. 너를, 그러니까 '지방백 레이덴의 피를 잇는 도련님'을 위해서."

'날개의 기도' 교단 고위 성직자들은 대부분 어릴 때부터 교단 안에서 생활한다.

몸도 마음도 그 가르침에 바치며 생활한다.

날개의 기도 교단에서도 유란은 상위층 인물이다.

성직자의 증표인 날개를 본뜬 문장을 목에 걸었고 그 밑에는 성녀 아셀의 옆얼굴을 새겨 넣을 수 있도록 허락받은 인물이었다.

티르나드는 성녀 아셀에게 찬동한 자들의 자손인 고위 귀족이다. 이를 위협하는 벼락출세한 귀족 카슈반을 처분한다.

교단 기준으로는 두말할 나위 없이 정의를 관철하는 행동이다.

그것이 진짜 애정이 아니라면 무엇일까.

설령 그 애정의 종착지가 교단이 생각하는 '정의'에 따르도록 티르나드를 강제로 재교육하는 일이더라도.

"유란은 네가 바라는 형태로 널 생각해주진 않겠지. 정신 구조가 근본부터 다르니까. 나는 그래서 그 녀석들이 정말 싫다."

어느새 울음을 그친 티르나드의 머리에서 손을 떼며 카슈반은 마지막에 이렇게 말했다.

"여러 가지 듣고 싶은 말이 남았지만, 너는 나를 감싸줬지. 의심해서 미안했다. 지금은 그저 상처를 치료하는 데만 집중해."

쌀쌀맞지만 정이 담긴 말.

시간이 조금 지나고 이번에는 세이그람이 입을 열었다.

"레이덴 백작 각하, 아니 티르나드 님. 당신께 사죄하겠습니다."

생각지도 못한 전개에 방 안의 시선이 집중되었다.

화살 때문에 생긴 상처를 바라보며 세이그람은 지금은 완전히 흐트러진 검은 머리카락을 한 손으로 쓸어 넘겼다.

"솔직히 무능하고 분위기 파악도 못 하며 입만 산 버릇없는 도련님이라고만 생각했습니다."

"……틀린 생각은 아니라고 생각해요."

티르나드 몸 여기저기에 튄 피를 부지런히 닦으면서 노라가 딴죽을 걸었다.

"예. 물론 저도 그 인식이 완전히 잘못되었다고는 생각하지 않습니다. 그러나 당신은 분명히 무능하고 분위기 파악 못 하고 제멋대로에 입만 산 도련님이지만, 결코 그렇기만 한 분은 아닙니다. 몸을 바쳐서 은혜에 보답하려는 모습에 이 세이그람, 감복했습니다."

칭찬하는지 바보 취급하는지 여전히 잘 알 수 없는 어조였다.

어쩌면 이런 어투는 세이그람 나름대로 쑥스러움을 숨기려는 방편일지도 모른다.

세이그람은 카슈반에게 진지한 열의를 담아 말했다.

"라이센 강공작 각하. 티르나드 님 후견인인 당신께 다시 청합니다. 저를 이분의 가정교사 겸 집사로 고용해주십시오. 지금은 거의 구제할 수 없는 도련님이지만, 제 눈에는 잘 갈고 닦으면 좋은 빛을 낼 원석으로 보이는군요."

그 눈으로 지금까지 티르나드를 실컷 바보 취급한 주제에.

하지만 카슈반도 새삼스럽게 그렇게 말할 생각은 없었다.

"알았다. 하지만 지금은 어쨌든 이 녀석 치료에만 전념해줘."

"알았습니다. 노라. 이쪽을 눌러줘."

티르나드를 돌보는 일은 세이그람에게 맡기기로 정한 듯, 카슈반은 알리시아와 함께 방에서 나왔다.

아직 조금 탄내가 남았지만 불은 완전히 꺼진 모양이었다.

역시 대단한 규모의 화재는 아니었다.

두 사람은 원래 조용했던 분위기를 완전히 되찾은 작은 저택 복도로 나왔다.

알리시아는 천진난만한 목소리로 옆에 있는 남편에게 말했다.

"잘됐어요, 카슈반 님. 레이덴 백작님에게 정해진 종자가 생겼네요."

종자에게서 전 후견인의 모습을 찾았던 것일까. 티르나드가 옆에 데리고 다니는 사람은 계속 바뀌어서 일정하지 않았다.

이제부터는 세이그람이 옆에 붙어 티르나드를 엄격하게, 그리고 조금은 상냥하게 이끌어주리라.

그러나 기쁜 듯이 들뜬 알리시아가 올려다본 카슈반은 무엇을 생각하는지 얼굴이 매우 험악했다.

"저, 죄송합니다. 기껏 주신 수호석을 집어 던져서 깨다니…… . 카슈반 님께 처음 선물 받았는데."

아까는 루아크와 함께 폭소했지만 다시 생각해보니 화났을까.

알리시아는 조금 걱정이 되어 기특한 소리를 했다.

그런 알리시아의 머리를 카슈반은 항상 하듯이 상냥하게 쓰다듬어주며 응답했다.

"신경 쓰지 마. 나를 지켜줬으니까. 너야말로 나를 위해 던져버려도 괜찮았나?"

"예. 저희는 부부니까요. 카슈반 님을 지키는 일이 저를 지키는 일이지요."

카슈반의 커다란 손 밑에서 알리시아는 여전히 생글생글 웃고 있었다.

겉과 속이 다르지 않다고 해야 할까. 알리시아는 속내와 다르게 행동할 정도로 복잡하지 않았다.

카슈반은 아내의 머리에 올려놓은 손을 불현듯 거두어들였다.

"······미안했다."

그답지 않게 시선까지 외면하면서 카슈반은 고개를 갸우뚱하고 있는 알리시아에게 사죄하기 시작했다.

"디네로와 티르나드에게 '날개의 교단'이 접근한다는 말을 들었다. 확인하려고 결혼했다는 보고를 구실로 여기에 왔다. 다시 말해 널 구실로 삼은 셈이지. ······미안했다."

"아뇨. 괜찮습니다. 그게 저, 여기 올 수 있어서 무척 즐거웠거든요. 게다가······ 저, 게다가 카슈반 님과 함께 많이 시간을 보내서 기뻤어요."

왜 갑자기 이런 얘기를 시작했을까.

영문을 알지 못하는 채로 알리시아는 예의 '배가 아픈' 감각에 휩싸이며 대답했다.

"─너는, 나와 결혼해서 좋은가?"

하지만 카슈반은 더욱 비약한 질문을 던질 뿐이었다─.

알리시아가 깜짝 놀랐다.

카슈반은 진지한 얼굴로 물었다.

"내게는 적이 많다. 요전번 일도, 이번 일도 그랬지. 적이 많다는 사실에 자신도 헛웃음이 나올 정도다. 제아무리 너라도 슬슬 싫지 않은가? 내가…… 싫지 않나?"

"왜요? 제가 카슈반 님을 싫어하다니 있을 수 없는 일이네요."

진심으로 이상하다고 여기면서 알리시아는 재고해보지도 않고 대답했다.

"저는 카슈반 님이 사들인 아내예요. 뭐든 카슈반 님이 좋으실 대로 써주시면 된답니다."

"……그랬, 지."

카슈반은 희미하게 웃었다.

기쁜 듯 슬픈 듯, 쓸쓸해 보이는 복잡한 미소였다.

"애초에 너는 누군가를 분명히 싫어하거나 미워하는 일과 거리가 먼 인간이겠지. ……나와는 달라서. 그런데도 너는 딴 남자를 선택하지 않는군."

다시 한번 카슈반은 손을 뻗어 알리시아의 머리를 상냥하게 쓰다듬어주었다.

카슈반이 무척 가까운 곳에 있는데도 존재가 너무 멀게 느껴지는 이유는 왜일까.

"진짜 애정과 가짜 애정인가. 어렵군."

아까 티르나드에게 했던 말이었다.

카슈반에게도 생각할만한 여지가 있는 모양이었다.

남편이 머리를 쓰다듬게 놔두던 알리시아는 어떻게 말하면 좋을까 생각했다.

"라이센, 알리시아."

옆에서 디네로가 부르자 카슈반은 손을 거둬들이고 알리시아는 사색을 중단했다.

저택 주인은 리드렉을 대동하고 어느새 바로 옆에 서 있었다.

"어머, 안녕하세요. 디네로 님."

"안녕, 알리시아. 라이센, 내가, 방해를, 했나?"

"아니, 상관없어. 그보다 디네로. 미안하지만 티르나드가 저택으로 돌아갈 수 있을 만큼 회복할 때까지 더 머물게 해주겠나."

카슈반은 벌써 티르나드와 디네로를 이름으로 부르기로 정한 모양이었다.

디네로는 역시 시원스럽게 고개를 끄덕였다.

"알았다."

"그리고 포로에게 자백을 받아낼 장소를 빌릴 수 있을까. 너와 티르나드에게 걸린 혐의를 완전히 털어내고 싶다."

"알았다. 바로, 할 텐가. 나도, 돕지."

루아크가 감정한 대로 엄청난 실력을 발휘한 디네로였다.

디네로 자체도 믿음직스럽지만 성격도 종잡을 수 없다.

두 사실이 더해져 대체 어떤 식으로 포로에게 자백을 받아낼지 조금 무시무시한 느낌이 들었다.

"아니, 내일 하도록 하지. 나도 조금 피곤하군."

"알았다. 그럼, 녀석들은, 내일까지, 얌전히, 있어 줘야, 겠어."

이제 용건은 끝났는지 디네로는 빙글 발길을 돌렸다.

습격을 받은 직후지만 지친 기색은 거의 없었다.

하지만 디네로는 시계 공작이다.

분명히 내일도 같은 시각에 일어나 영지를 돌아보러 나갈 테니 슬슬 자지 않으면 다음 날 활동에 지장이 가리라.

"디네로."

카슈반은 자리를 뜨려는 커다란 등을 불러 세웠다.

뒤돌아본 무표정한 미모에 대고 이렇게 말했다.

"의심해서 미안했다."

"신경 쓰지, 마라."

디네로는 역시 시원스럽게 말하고 변함없는 걸음으로 자신의 방 쪽으로 사라졌다.

디네로의 저택에서 돌아온 지 이틀째 되는 날.

어두운 숲 안쪽에 세워진 라이센 저택에 활기찬 목소리가 울려 퍼졌다.

"여— 어 라이센! 그리고 노라. 음 빈유인, 그래 알리시아! 그 외 떼거지도! 이 몸이 오셨다!"

여자 이름 외에는 기억할 마음이 없는 듯했다.

용병 발로이의 모습이 저물어가는 햇살에 긴 그림자를 드리워 현관 안쪽으로 비쳐들었다.

이번에는 루아크가 발로이가 도착한다고 이미 예견한 상태였다.

날개를 가진 기괴한 괴물이 널린 영주 저택의 홀이 일순 정적에 둘러싸였다.

"어머 렉산드르 자작님. 안녕하세요."

알리시아는 발로이가 빈유와 관련해서 이름을 떠올렸는데도 신경 쓰는 기색이 없었다.

그냥 방긋 웃으며 검은 피부를 가진 라그라드르인에게 인사했다.

하지만 홀에 모인 사람 중 알리시아를 빼면 다소 정도에 차이는 있어도 하나같이 험악한 얼굴이었다.

"어라? 뭐야. 왜 그래? 불러서 와봤는데 대우가 너무하잖아."

"발로이."

한 발 내디디며 카슈반은 낮고 침착한 목소리로 스승을 불렀다.

등 뒤에서 트레이스가 온화한 얼굴과는 어울리지 않는 음험함을 발산하며 발로이를 노려보았다.

"아— 항. 핫하. 역시 들켰구먼."

발로이는 미안해하는 기색이라고는 전혀 없었다. 제멋대로 자란 수염에 손을 대며 짐짓 꾸민 듯한 목소리를 냈다.

카슈반은 아무 말 없이 정면에 서서 손을 뻗었다.

다부진 가슴에 별로 필요도 없는 가죽 가슴 보호대를 고정하는 쇠붙이를 움켜쥐고 끌어당겼다.

"들켰구먼, 이 아니야. 대체 무슨 생각이냐. 왜 '날개의 기도'가 디네로에게 접근한다고 거짓 정보를 흘렸지?"

"하하하. 결과적으로는 거짓말이 아니잖아. 내 선견지명에 나도 반하겠다니까."

발로이가 뻔뻔스럽게 중얼거렸다.

무슨 일이 있었는지는 이미 다 파악한 듯했다.

티르나드가 회복하기를 기다리면서 카슈반은 포로로 잡은 병사들을 디네로 저택에서 엄하게 추궁했다.

알리시아는 문초하는 과정을 자세히 듣고 싶었다.

하지만 카슈반은 자백한 내용만 가르쳐주었다.

'날개의 기도'는 아즈베르그 지방백인 디네로를 이용해 카슈반을 내쫓을 계획을 세웠다.

카슈반은 지나 부인과 얽힌 악연 때문에 아즈베르그 공작가와 디네로에게 좋은 감정을 품지 못했다.

교단은 그 사실을 두고 조사를 끝낸 상태였다.

디네로 쪽도 벼락출세한 영주에게 반감을 품었을 가능성이 충분히 있었다.

하지만 '날개의 기도'가 짜놓은 수많은 계획 중 하나에 불과했다.

'날개의 기도'가 말하는 이상 세계를 방해하는 괘씸한 자는 원래 변경 아즈베르그가 아닌 지방에도 많았다.

"그런 상황인데 내가 방문했지. 그 녀석들은 내가 디네로를 완전히 포섭하든가, 아니면 없애버릴 게 틀림없다고 하더군."

하지만 실행에 옮기기도 전에 카슈반이 디네로에게 접근했다.

교단은 '날개의 기도'가 디네로를 이용하려 했듯이 카슈반도 디네로를 이용할 생각이리라 굳게 믿었다.

이러쿵저러쿵 말해도 디네로는 아즈베르그 지방에서 가장 역사가 깊은 영주의 피를 이었다.

벼락출세한 귀족이라 역사가 주는 무게를 갖지 못한 카슈반이다.

그래서 교단은 카슈반이 명문가 이름을 가지고 태어난 디네로를 포섭해서 좋은 무기로 사용하면 어떡하나 걱정했다.

혹은 '날개의 기도'가 디네로에게 접근하리라 예견한 카슈반이 이용하지 않고 배제하려는 목적으로 방문했을 가능성도 아주 크다고 보았다.

지방백인 디네로를 살려둔다면 몇 번이고 같은 일이 반복해서 일어날 가능성이 있었기 때문이다.

이를 저지하고자, '날개의 기도' 일당은 황급히 움직였다. 당연히 행동도 통일하지 못했고 손도 부족했다.

그래서 최종적으로 불순분자는 한꺼번에 처리해두자는 충동적인 결론에 이른 모양이었다.

"그녀석들이 나랑 비슷한 생각을 먼저 했으니까. 슬프다니까, 인간이란 족속은. 자신이 가진 어둠을 타인에게서 보려는 경향이 있지."

이 지경에 이르렀는데도 여전히 발로이는 오리발을 내밀었다.

발언을 듣는 카슈반은 눈빛에 날카로움을 더해갔다.

"얼렁뚱땅 넘길 수 있다고 생각하지 마라. 내가 디네로와 싸우도록 부추겼잖아."

카슈반이 따지고 들자 발로이의 입가에 여유 넘치는 미소가 떠올랐다.

검은 눈동자에 차가운 빛이 감돌았다.

조금 전까지 발로이에게서 흐르던 경박한 분위기는 사라졌다.

다부진 육체에서 라그라드르의 용병단장에 걸맞은 위압감을 동반한 냉기가 뿜어져 나왔다.

"그러니까 말했지? 인간은 타인에게서 자신이 품은 것과 똑같은 어둠을 본다고. 원래 너는 디네로 아즈베르그를 싫어했다. 그 녀석을 없애버릴 계기를 원했지. 그래서 내가 가져온 정보를 토대로, 크게 의심하지도 않고 행동을 개시했다. 틀렸는가?"

정곡을 찔렸는지 카슈반은 대답하지 않았다.

조금이나마 힘이 약해진 팔을 어렵지 않게 뿌리치면서 발로이는 의미심장한 눈빛을 루아크에게 돌렸다.

"애초에 이런 소년 암살자에게 한눈을 팔았잖아. 우리한테 일을 주지 않은 게 문제라니까. 젊고 귀여운 애한테 열중하고 싶은 마음은 알겠는데 조강지처에게도 나름대로 서비스를 해주지 않으면 삐친다고."

장난을 치는 듯한 어조에 바로 머리에 떠오르는 바가 있었나 보다.

카슈반은 낮은 목소리로 물었다.

"……나와 디네로를, 더 나아가서 '날개의 교단'과 전투가 벌어지면 한몫 벌겠다. 그럴 속셈이군."

용병은 전투 없이는 먹고 살 수 없다.

하극상 풍조가 가라앉은 이래로 실딘 왕국 내부에 눈에 띄는 전투가 거의 없는 상태였다.

언제나 많은 것을 건질 전장을 찾느라 분주한 용병들에게는 사활이 걸린 문제다.

활약할 전장이 없다면 만들면 된다.

싸움을 벌일 계기를 직접 만들어서 이익을 취할 생각인가. 카슈반은 그런 뜻으로 물어 보았다.

"정답. 과연 내 제자야. 감이 좋아."

발로이는 히죽 웃었다.

예상은 맞았지만 카슈반은 조금도 기쁘지 않은 표정이었다.

발로이는 점점 더 재미있어진다는 얼굴을 했다.

"하지만 나는 시기를 조금 앞당겼을 뿐이야. 빠르든 늦든 결국 그런 사태가 벌어질 테니까. 10년간, '날개의 기도'는 과거의 권위를 되찾으려고 물밑에서 착실히 움직였다. 이 정보는 거짓이 아니라고."

10년이라는 단어에 움찔하며 표정이 굳은 사람은 티르나드였다.

화살 때문에 생긴 상처가 아직 완전히 낫지 않아서 라이센 저택에 체류 중이었다.

하지만 발로이는 티르나드가 아니라 그 옆에 선 안경남에게 시선을 주었다.

"그런데 세이그람. 얘기는 들었다. 그 도련님 가정교사를 하느라 우리 용병단에서 제대한다고. 그걸로 좋냐?"

"예. 길지 않은 기간이었지만 신세를 졌습니다."

원래부터 세이그람은 카슈반 곁에서 집사 일을 하러 찾아왔었다.

원래 예정에서 섬길 주인은 확 바뀌었지만 누구를 섬기든 발로이 부대에서 빠지는 점은 변함이 없었다.

"상관없다. 앞으로도 용병단장으로서 라이센 강공작 각하와 사이가 각별할 예정이니까. 여기 모인 사람 전부랑 오랫동안 잘 지낼 생각이다. 특히 노라랑."

발로이가 마음에 들어 하는 미인 하녀는 이름을 거론하자 어쩔 수 없다는 얼굴을 했다.

노라에게는 헤실헤실 웃어 보인 발로이는 도발하는 시선을 루아크에게로 향했다.

"루아크라고 했던가. '날개의 기도'와 관련한 건으로 우리 동료를 꽤 많이 저세상으로 보내줬었지 아마. 요전번 술자리는 즐거웠지만 원래 아즈베르그는 내 구역이다. 잊지 말라고."

"예예. 위협적으로 말씀하지 않으셔도 잘 압니다요. 나도 바보가 아닌걸요. 라그라드르 용병단장님을 상대로 카슈반 형님 쟁탈전을 벌일 생각 없습니다요."

과장해서 어깨를 으쓱이며 루아크는 발로이가 협박하는 문구를 흘려보냈다.

발로이도 지금은 더 말할 생각이 없는지 바로 평상시 여유로운 표정으로 돌아왔다.

"그럼 여러분. 무슨 일이 있으면 얼마든지 기대도 좋습니다. 레이덴 지방에서도 수입을 얻을 수 있게 됐다고. 카슈반, 네게서 인망을 기대해도 벌 받지 않을 거라 믿는다. 그럼 안녕히."

발로이는 팽팽하게 긴장한 공기는 신경도 쓰지 않았다.

그뿐만 아니라 물어뜯을 표정인 트레이스에게 가볍게 윙크하는 여유조차 보이면서 떠나갔다.

떠난 후에도 발로이가 남긴 미묘한 공기는 남았다.

"이래서 용병이 싫어요."

노라가 투덜투덜 중얼거리는 목소리를 들으며 알리시아는 솔직한 어조로 남편에게 물었다.

"카슈반 님. 렉산드르 자작님을 문초하지 않아도 괜찮으신가요?"

전말을 알게 된 알리시아는 디네로 저택에서 들었던, 마음에 쏙 든 단어를 사용해서 물어 보았다.

카슈반은 쓰디쓴 한숨을 토해냈다.

"목을 베어 수급을 거리에 내걸고 싶은 심정이지만, 안 돼. 섣불리 자극했다가는 라그라드르 전체를 적으로 돌리게 돼."

외부에서 심한 차별을 받는 만큼, 라그라드르인끼리는 결속력이 매우 강하다.

다혈질만 모여서 내부 다툼이 끊이지 않는다지만, 일단 동족 이외의 적을 발견하면 갑자기 단결해 덤벼든다.

"그리고 '날개의 기도' 활동이 활발해진다는 말은 맞아. 발로이뿐만 아니라 다른 쪽 이야기도 몇 개 들어와 있어. 교단이 다시 한번 공격할 때, 아군은 아니어도 적어도 적으로 돌리지 않도록 관계를 유지해둘 필요가 있지."

이전에 유란이 사건을 벌였을 때도 라그라드르인을 다수 거느리고 있었다.

라그라드르인이 돈으로 쉽게 움직이는 용병이라지만 처음부터 악감정을 가진 경우와 그렇지 않은 경우는 매우 달랐다.

"흠. 별스럽게 소극적으로 구는군. 강공작이라 이름을 대는 남자가 한심하게."

오만한 대사를 입에 올린 자는 티르나드였다.

"라그라드르인 따위에게 겁을 먹다니! 한심해! ……아야야야야
얏!"

카슈반이 내지른 주먹과 세이그람이 휘두른 채찍에 동시에 한 대
씩 얻어맞고 티르나드는 바로 비명을 질렀다.

"여전히 입만 살았구나, 티르나드. 너는 처음 만났을 때부터 저 꼰
대를 화나게 했었다. 눈치 못 챘냐."

경망스럽고 속없이 헤실거리는 듯 보여도 발로이는 라그라드르인
과 용병단을 무시하는 인간을 절대로 잊지 않는다.

카슈반이 차갑게 말하자 세이그람이 비슷할 정도로 냉담하게 덧
붙였다.

"그런 말은 발로이 님이 계실 때 해주십시오. 뭣보다 그분 앞에서
그런 소리를 했다가는 무사하지 못하겠지만요."

양쪽에서 타이밍을 맞춰 공격하자 가운데 낀 티르나드는 울고 싶
은지 얼굴을 일그러뜨렸다.

"뭐야, 너희! 얼마 전만 해도 날 인정하듯 말해놓고서 왜 상냥하게
대하질 않아?!"

티르나드가 하는 말처럼 디네로 저택에서 돌아온 뒤 후견인도 가
정교사도 줄곧 이런 식이었다.

가장 알리고 싶지 않은 과거가 사람들 눈앞에 전부 드러났을 때
죽고 싶을 정도로 싫었다.

한편으로는 내심 응석을 조금은 받아주지 않을까, 티르나드는 기
대하고 있었다.

하지만 기대는 여지없이 배신당했다.

"상냥하지 않다고? 바보 같은 소리. 상당히 상냥하게 대한다고."

천연덕스러운 얼굴로 카슈반이 말했다.

"애초에 너를 열 살이라고 생각하니까."

"……뭐?"

카슈반은 알리시아나 디네로가 할 만한 말을 입에 올렸다.

티르나드는 토끼 눈을 했다.

"전에도 말했지. 유란은 너를 바보가 되도록 키웠다. 그래서 내 생각에는 네 지적 수준은 겨우 열 살 정도다."

유란이라는 이름을 들은 티르나드는 시선이 살짝 허공에서 방황했다.

이전보다는 많이 개선된 반응을 보면서 카슈반은 설명을 계속했다.

"전에는 육체 연령에 걸맞은 지능을 가졌다고 생각했었지. 그래서 너무 기대하고 초조했던 거다. 하지만 열 살이라고 생각하면 별로 화도 안 나."

티르나드는 어이없어했다.

카슈반은 이해를 얻을 생각도 없이 집사 겸 가정교사로 자리 잡은 남자에게 시선을 주었다.

"그렇다고 해도 지금부터 8년 걸려서 성인이 되기를 기다릴 정도로 한가하진 않아. 그리고 너도 알 거다. 이러니저러니 해도 내게는 적이 많아. 언제 살해당할지 알 수 없단 말이다. 그 점은."

"죽게 놔두지 않아!"

갑자기 티르나드가 카슈반의 말허리를 잘랐다.

"내, 내가 또, 지켜줄 거야."

"……좋은 마음가짐이다. 하지만 다음부터는 너 혼자서 '날개의 기도'에 대항하려는 생각은 하지 마라."

티르나드에게도 '날개의 기도'가 다시 접근한다는 소문이 돌았다.

발로이가 가져온 정보 중 그것만큼은 사실이었다.

그러나 티르나드는 '날개의 기도'가 다시 접근해도 잠자코 있었다.

분수도 모르는 그들이 일부러 자신에게 접근하게 놔두고 거꾸로 정보를 얻으려 했기 때문이었다.

"그렇지만 너, 조금도 내 가치를 인정하지 않았잖아. 먼저 얼굴을 보러 와서 중요한 일이라고 했는데도 전혀 상담에 응해주지 않고!"

티르나드가 뚱한 얼굴로 말하자 카슈반은 완전히 힘이 빠져 버렸다.

아무래도 며칠 전 일이 영향을 주었기 때문이리라.

티르나드가 디네로 주변에서 어정거린 이유도 카슈반이 태도가 이상하다고 생각해서 제 나름대로 노력했기 때문이었다.

옆에서 알리시아가 거들었다.

"레이덴 백작님은 역시 카슈반 님을 좋아하시네요."

생글생글 웃는 모습에 카슈반은 한층 더 피곤해지는 것 같았다.

"뭐, 사실 누구에게도 죽지 않고 소중한 것을 전부 지킬 힘을 갖추면 되는데 말이다."

힐끗 아내를 본 카슈반은 중단한 이야기를 재개했다.

"다시 말하지만 네가 스스로 살아갈 힘을 빨리 가져야 한다. 그 점은 알겠지, 세이그람."

세이그람은 손에 든 채찍으로 허공을 찰싹 때렸다.

"명심하고 있습니다, 라이센 강공작 각하. 티르나드 님. 발로 이 님께 이별을 고했으니 제 볼일은 끝났습니다. 저택으로 돌아가서 공부를 계속하죠."

"싫어! 너희 알고는 있냐! 아직 레이덴으로 돌아가기 힘든 환자라고?! 게다가 어제도, 그제도 식사하고 자는 시간 외에는 계속 공부했잖아!"

출혈은 심했지만 화살에 독을 바르진 않은 모양이었다.

뜻밖에 상처는 가벼웠고 이제는 통증도 완전히 사라졌다.

높은 교육열에 불타는 세이그람을 제지할 이유로 큰 효과를 발휘하지 못했다.

"아시겠습니까? 티르나드 님. 후견인께서는 당신이 일분일초라도 빨리 자립할 수 있기를 바라고 계십니다. 식사니 수면이니 대체 어디서 유약한 소리를. 인간은 자지 않아도 죽지 않습니다."

"거짓말. 분명히 죽을 거야. 바보라고 생각하냐. 바보 취급하지 마. 싫다니까. 라이센, 도와줘—!"

강제 연행할 분위기에 티르나드는 구원을 바랐다.

하지만 세이그람의 교육은 이제부터가 시작이었다.

당연히 카슈반도, 그 누구도 손을 빌려주지 않았다.

"분명히 인간은 안 자도 죽진 않아요. 먹지 않아도 3일 정도는 어떻게든 버틸 수 있어요."

알리시아가 실제로 체험이라도 해본 무게가 실린 말을 가벼운 어조로 중얼거렸다.

알리시아 옆에서는 루아크는 느긋하게 말했다.

"뭐, 그래도 잘 됐잖아. 최근에 저 도련님, 유란 님 이름을 부르면서 가위눌리는 일은 없으니까."

"……그저 세이그람이 잠을 안 재우기 때문이겠지."

2층으로 끌려가지 않으려고 아직도 버티고 선 티르나드를 보면서 트레이스가 염려하는 목소리를 냈다.

뭔가 대답을 하려던 루아크는 약간 의외라는 표정을 지었다.

"어라? 말을 되게 특이하게 타는 사람이네. 우웅. 이 느낌은 어디선가."

"카슈반 님!"

루아크가 중얼거리는 목소리에 다른 목소리가 겹쳤다.

남자 문지기가 얼굴색까지 바꾸며 현관 안으로 달려 들어오며 소리쳤다.

"왜 그러지?"

"시계, 아니 아즈베르그 공작님이."

"디네로가? 들여보내라."

주인이 아무 일도 아닌 듯 말하자 문지기는 허를 찔려 굳어버렸다.

"아니, 그…… 아즈베르그…… 괜찮으십니까?"

"지나 아즈베르그를 신경 써서 그러나? 괜찮으니 들여보내라."

카슈반이 선수를 쳐 그 이름을 입에 올렸다.

문지기 얼굴이 싸악 창백해졌다.

하지만 카슈반이 얼굴에 떠올린 표정에는 놀리는 빛이 감돌았다.

문지기는 매우 의아하다는 얼굴로 저택 밖으로 되돌아갔다.

얼마 지나지 않아 홀에 모습이 나타났다.

아즈베르그의 땅에서도 보기 드문 거구인 남자였다.

지나치게 단정한 미모 때문에 한층 더 기분 나쁜 박력을 발산하는 디네로 아즈베르그는 가령 리드렉을 대동하고 있었다.

어느새 해도 저물었다. 열린 문 건너편에는 푸른빛을 두른 어둠이 펼쳐져 있었다.

어둠을 등에 업고 선 디네로는 공포 소설에 실린 삽화 그 자체였다.

어머나, 멋져라.

알리시아는 그렇게 생각하며 오랜만에 만나는 디네로에게 미소를 지었다.

"안녕하세요. 디네로 님."

"안녕, 알리시아. 라이센, 갑자기, 미안하다."

"아니, 우리도 전에 갑자기 들이닥쳤으니까. 영지 순회는 괜찮나?"

"대리를, 두고 왔다."

담담한 어조로 말하는 디네로를 올려다보며 카슈반은 다시 경위를 보고했다.

"와줘서 마침 잘 됐다. 방금 발로이와 얘기를 한 참이다. 역시 녀석은 너와 나를 이간질하려고 가짜 정보를 흘렸던 것 같다."

"그랬나."

'날개의 기도' 일당을 추궁했을 때 디네로도 도왔다.

그래서 대략적인 일은 알고 있었다.

'날개의 기도' 일당의 진술이 확인되었다는 이야기를 들으면서 디네로는 표정을 바꾸지 않고 말했다.

"하지만, 그 남자, 덕분이다."

"덕분?"

"라이센. 나는, 줄곧, 너를, 만나보고, 싶었다."

리드렉은 무엇인가 살짝 말하고 싶은 듯했지만, 결국 잠자코 주인이 하는 말에 귀를 기울였다.

"나는, 영주다워야, 한다는, 말을, 들으면서, 자랐다. 너와, 네 아버지는, 영주에, 어울리지 않는다고, 들었다."

"—내 아버지는 영주를 맡을 그릇이 아니었지. 맞는 말이다."

부친이 화제에 오르자 카슈반은 얼굴이 험악해졌다.

하지만 디네로는 아무 변화도 보이지 않았다.

"'날개의 기도'는."

카슈반을 한층 불쾌하게 만들 말이 입에 오르자 트레이스는 빠르게 위가 아픈 얼굴을 했다.

카슈반이 경계하는 표정을 지어도 낭패스러워하지 않고 디네로는 여느 때처럼 담담하게 말을 계속했다.

"가르침은, 나쁘지 않다. 기도는, 나쁘지 않아."

기도가 나날이 사람들 일상에서 사라지는 지금에 이르러서도 '날개의 기도' 가르침은 실딘 왕국 및 주변 국가에 뿌리 깊게 남아 있었다.

귀족과 왕족의 지배를 정당화하는 가르침을 부정하는 사람은 카슈반만이 아니었다.

노골적으로 혐오감을 드러내지는 않지만 왕족들 사이에서도 '날개의 기도' 영향에서 벗어나자는 운동이 일어난다는 소문이 돌 정도였다.

한편으로는 '날개의 기도' 가르침을 마음의 지주로 삼고 사는 사람들이 아직 세상에는 많았다.

"권력과, 유착해, 이상해졌다. 그래도, 가르침은, 나쁘지 않아."

디네로는 신심 깊은 아즈베르그 지방에서마저도 점차 잊힌 밤의 기도를 드리는 율법을 지켰다.

짧지만 강한 설득력을 담은 말에 카슈반은 크게 숨을 내쉬었다.

"알고 있다. 하지만 나는 교단이 싫다. 장미도 좋아하지 않아."

"그건, 어쩔 수 없지."

타협하진 못했지만 디네로는 불만이 없어 보였다.

"역시, 만나서, 다행이었다."

디네로는 여전히 담담한 어조로 말했다.

영주의 권한을 빼앗은 상대에게 전하는 말로서는 어딘가 이상했다.

하지만 거짓말로는 보이지 않았으니 참 신기했다.

"넌, 좋은 녀석이다. 그리고, 좋은 영주다. 그걸, 알아서, 다행이었다."

지극히 무표정한 얼굴로 전하는 말에 카슈반도 쓴웃음을 지을 수밖에 없었다.

"……알아줘서 기쁘군."

"수호석은, 던지는 데에도, 쓸 수 있다는 걸, 알았다."

"아니, 그 지식을 일반화하면 좀 그렇지 않을까……."

불필요한 지식을 얻은 디네로는 불필요한 지식을 심어준 소녀의 이름을 입에 올렸다.

"게다가, 알리시아와, 만날 수 있었다."

이름을 불린 알리시아는 높은 위치에 있는 디네로를 올려다보았다.

디네로는 무표정한 얼굴로 손을 뻗었다.

커다란 손이 알리시아의 머리에 닿는 광경을 보고 카슈반은 한쪽 눈썹을 치켜세웠다.

"나는, 영민의, 행복을, 바란다. 라이센은, 좋은, 영주다."

디네로의 손이 다시 머리를 마구 흐트러뜨리는데도 알리시아는 남편이 칭찬을 받자 기뻐했다.

"예. 카슈반 님은 좋은 분이시랍니다. 디네로 님도 제 남편과 사이좋게 지내주세요."

남편, 이라는 단어에 디네로의 손이 멈췄다.

보기 좋은, 얇은 입술 끝에 희미한, 정말로 희미한 미소가 떠올랐다.

"하지만, 영주였다면, 너와, 결혼할 수 있었겠지. 조금, 아쉽군."

그 말에 트레이스는 파랗게 질렸고, 노라는 눈을 부릅떴으며, 루아크는 히죽거렸다.

카슈반은 디네로와 견줄 수 있을 만큼 무표정한 얼굴을 했다.

2층으로 가네 마네 싸우던 티르나드와 세이그람조차도 잠깐 싸우기를 잊어버리고 디네로와 알리시아가 나누는 대화를 듣고 있었다.

"예, 그렇겠네요. 디네로 님이 아즈베르그 영주셨다면 저희는 결혼했을지도요."

쥐 죽은 듯 조용해진 홀에 별 특별한 의미는 없는 알리시아의 말만이 울렸다.

생글거리면서 디네로를 올려다보던 알리시아는 또 목이 아파 오기 시작했다.

거리를 좀 두려고 뒤로 물러나려는 동작을 눈치챈 디네로는 이번에도 알리시아의 몸으로 손을 뻗었지만—.

"또, 목이, 아픈가?"

디네로의 조용한 목소리가 들림과 동시에 알리시아의 몸은 뒤에서 뻗어 나온 강한 팔에 안겨 허공으로 떠올랐다.

쿵쿵 심장이 뛰며, 예의 '배가 아픈' 감각이 엄습했다.

"이야기하려고 높이를 맞춘다면 이것으로도 충분하겠지."

알리시아의 귓가에 카슈반의 목소리가 들렸다.

디네로보다는 조금 작았지만 충분히 키가 큰 남편은 아내를 확실하게 팔에 안고 무뚝뚝하게 말했다.

"뜻밖에, 질투가 강하군."

알리시아에게 뻗었다가 허공만 붙잡은 팔을 천천히 거두며 디네로가 냉정하게 중얼거렸다.

"너는, 좋은 남편이기도, 하군."

카슈반의 팔 안에서 조금 얼굴을 붉힌 알리시아를 확인한 디네로는 갑자기 등을 돌렸다.

"돌아가겠다."

디네로 저택에서 이곳까지 오는데 이틀은 걸렸으리라.

상당히 늦은 시각임에도 불구하고 디네로는 조금도 주저하지 않고 저택 밖을 향해 걷기 시작했다.

"나도, 너를, 인정한다고, 고시, 하겠다."

영지를 돌아볼 때와 같은 보조로 걷는, 크고 넓은 등에서 그런 말이 들려왔다.

"조금은, 해나가기, 쉬워지겠지."

아즈베르그는 신심 깊은 보수적인 땅이다.

카슈반은 하녀의 피를 이은 벼락출세한 영주라서 전통적인 귀족이 보이는 뿌리 깊은 반발에 아직도 대항하고 있었다.

가장 유서 깊은 영주의 혈통인 디네로가 카슈반을 인정한다고 고시한다면 견해를 바꾸는 자도 적지 않으리라.

"……당신이 실각한다면 언제든지 저희 주인님이 아즈베르그 영주가 되어드리지요. 영민들을 위해 힘껏 열심히 일해 주십시오."

가령 리드렉도 나이가 느껴지지 않는 아름다운 인사를 남기고 주인을 따라 떠났다.

아즈베르그가 주종은 미련이 남은 기색을 보이지 않고 재빨리 돌아갔다.

배웅한 루아크는 가볍게 휘파람을 불었다.

"오—, 정말 멋진 이별의 순간이었어. 멋있는걸, 디네로 님."

"……그렇군."

떫은 표정을 조금 누그러뜨린 카슈반은 알리시아를 팔에 안은 채 말했다.

"노라. 이제 날 적당히 포기하면 어떻겠냐"

"뭐, 뭔가요 갑자기?! 설마 발로이를 꼬셔서 우리 편으로 만들라든가 그렇게 말씀하시진 않겠죠?!"

약간 앞질러나간 걱정을 하는 하녀였다.

카슈반은 쓴웃음을 지으며 고개를 저었다.

"아니, 그게 아니라. 그저 너 같이 젊고 아름다운 아가씨가 언제까지고 유부남을 쫓아다녀도 어쩌겠냐…… 뭐, 그런 말이다."

"어머, 젊고 아름답다니 정말 솔직한…… 아뇨, 하지만! 이런 저에게 어울리는 분은 카슈반 님밖에 없습니다! 아아아 진짜, 그보다 그분을 빨리 내려놓으세요! 마님의 머리 따위 반쯤 뻗친 게 딱 좋아요!"

카슈반은 디네로가 흐트러뜨린 알리시아의 머리카락을 일일이 손으로 빗겨주고 있었다.

매우 상냥한 손길을 알아차린 노라는 질투를 감추지 않았다.

"어머나, 노라는 그렇게 렉산드르 자작님이 싫은가요? 그분은 부자고 분명히 노라를 소중히 아껴주실 거예요."

"전에도 말씀드렸죠. 자작 같은 어중간한 지위는 싫다, 용병은 수입이 너무 불안정하다고요! 나이도 너무 차이가 크게 납니다! 애초에 그 남자가 이번 소동을 벌인 발단이라고요!"

알리시아는 남편이 헝클어진 머리를 정리해주는 대로 내버려 둔채 진지하게 말했다.

하지만 노라에게는 비아냥으로밖에 들리지 않는 모양이었다.

쓴웃음을 짓던 카슈반은 좋은 생각이 떠오른 표정을 지었다.

"노라. 티르나드는 어때? 지방백 레이덴의 피를 이은 백작가 후계자다. 지금은 조금, 아니 상당히 미덥지 못하지만 갈고 닦으면 빛이날 거라고 세이그람도 말했다고."

"그래요 노라. 레이덴 백작님이 화살에 찔리셨을 때 무척 열심히 치료해주었잖아요. 그렇게 열심히 치료를 해주는 사람은 상대를 좋아하거나, 사실 상처를 입힌 진범이에요. 진범이라는 의심을 사지 않으려고 치료해주죠."

알리시아는 변함없이 문제 있는 표현을 늘어놓았다.

그 발언에 노라도, 그리고 티르나드도 움찔했다.

저도 모르게 얼굴을 마주 본 두 사람은 당황해서 서로 시선을 피했다.

"농담 마세요! 눈앞에서 사람이 찔렸다고요. 보통 치료 정도는 해주잖아요?! 왜 제가 이런 풋내 나는 애송이를……!"

새된 목소리를 내면서 부정하는 노라에게 알리시아는 그럼 진범이냐고 물으려고 했다.

그 순간, 잠자코 있던 세이그람이 성큼성큼 카슈반에게로 다가왔다.

"죄송합니다 강공작 각하. 제 주인은 레이덴 이름에 걸맞은 양갓집 아가씨를 맞이하실 예정입니다. 그러니 이렇게 화장이 짙은 암고양이를 알선하는 일은 삼가셨으면 합니다."

"뭐라고요?!"

티르나드에게 호의를 가졌다고 여겨지기는 싫었지만, 암고양이라고 불릴 이유도 없었다.

목소리를 뒤집으면서 분개하는 노라를 곁눈으로 바라보며 세이그람은 이번에는 알리시아를 향해 머리를 깊이 숙였다.

"알리시아 님. 강공작 각하께 만약 무슨 일이 생기신다면, 부디 아즈베르그 공작이 아니라 티르나드 님을 선택해주십시오."

"……세이그람, 재빨리 태도를 바꾸는 모습에 감탄만 나오는군."

뻔뻔함도 이 정도면 대단하다.

루아크는 배를 끌어안고 웃고 트레이스는 할 말을 잃어버렸다.

카슈반은 쓴웃음을 지으며 한숨을 내쉬었다.

알리시아는 기쁜 듯 미소를 지으며 전부터 봐두었고, 카슈반에게
줄 예정인 수호석을 향해 손가락을 뻗었다.

"카슈반 님이 주셨던 돌은 여러 가지 색이 섞여 반짝거려서 정말
로 예뻤답니다. 하지만 수호석은 상대에게 어울리는 돌을 주잖아요?
자, 이 돌은 완전히 새카매서 카슈반 님 같지요?"

"나 같다고 할까……."

밑에서부터 위쪽으로 천천히 시선을 움직이면서 카슈반은 신중한
소리를 냈다.

"……크기가 나만 하군. 이 돌은."

분명히 카슈반과 똑 닮은 돌이었다.

다른 돌과 다르게 광물이 섞인 기색도 없이 석양만이 새카만 표면
을 채색했다. 폭도 높이도 카슈반과 거의 같았다.

겨우 손바닥에 올려놓을 정도의 작은 돌들만 굴러다니는 평원에
서 있는 모습도 어떤 의미로는 닮았을지도 모른다.

"……저, 죄송합니다. 카슈반 님."

옆에 서 있던 트레이스가 죄송하다는 기색으로 작게 중얼거렸다.

"설마 이 돌을 고르실 줄은…… 분명히 세이그람이라면 알리시아
님을 좀 더 잘 속…… 아니, 유도해서 무난한 돌을 선택하시게 했을
겁니다. ……정말 죄송합니다."

상처가 회복된 티르나드와 세이그람은 며칠 전 레이덴 영지로 돌
아갔다. 분명하게 입 밖으로 내진 않았지만, 트레이스는 아직도 세이
그람을 향한 열등감을 조금이나마 안고 있었다.

"신경 쓰지 마라, 트레이스. 네 탓이 아니다. 그리고 말했지? 네게

종장

　검붉은 빛 석양이 모든 경치를 물들이고 있었다.

　라이센 저택을 둘러싼 검은 숲과 험준한 산맥 사이에 뻥 뚫린 작은 평원에 알리시아의 들뜬 목소리가 울렸다.

　"이곳은 트레이스가 가르쳐주었답니다. 수호석을 주우러 가고 싶다고 말하니까 마침 좋은 장소를 발견했다면서요."

　카슈반과 영지 내를 둘러보던 중에 우연히 지나간 곳이라고 했다.

　평원이라고 해도 절반가량은 검은 돌에 덮여 있었다. 그 속에서 광물 조각이 저녁놀에 반짝반짝 빛났다.

　"카슈반 형님은 정말로 좋은 아내를 들였네. 선물 받은 수호석을 집어 던져 남편을 구해줬는데 이번에는 자기도 수호석을 주고 싶다고 돌을 찾으러 나오다니. 우와. 나라면 눈물이 나왔을지도 몰라."

　루아크가 짐짓 꾸민 동작으로 가슴 앞에 두 손을 모아 보여도 카슈반은 잠자코 옆에 서 있었다. 알리시아가 보여주고 싶은 물건이 있다고 부탁해서 카슈반은 일부러 시간을 만들었다.

　같이 와 달라고 부탁하지도 않았는데 따라온 루아크가 종알거려도 카슈반은 따질 기분도 들지 않는 모양이었다.

　남편이 보이는 미묘한 태도도, 같이 쫓아온 노라가 몹시 싫증 난 표정을 지어도 알리시아는 전혀 눈치채지 못했다.

기대하는 역할은 다른 것이라고."

얼마 전 디네로 저택 습격사건 때는 트레이스가 병사들을 이끌고 돌아온 시점에 모든 일이 끝난 상태였다.

그래서 트레이스는 자신의 실수는 아니었지만 도움이 되지 못했다고 요즘 별안간 침울해지는 경향이 있었다.

카슈반은 성실한 소꿉친구를 우선 위로해주었다. 그러나 카슈반에게는 트레이스보다도 더 먼저 처리해야 할 문제가 있었다.

단어를 선택하는 동안 잠시 침묵한 뒤, 카슈반은 천천히 말했다.

"알리시아…… 그게 말이다. 네 마음은 정말 기쁘지만, 이렇게 큰 돌을 수호석으로 갖고 다닐 수 있는 녀석이라면 아마 수호석은 필요 없을 거다."

생각하느라 한순간 뜸을 들인 알리시아는 별로 상처 입은 기색도 없이 중얼거렸다.

"어머. 그러게요. 갖고 다녀야 하죠. 나도 참."

"깨달아줘서 기쁘군. 되도록 좀 더 앞의…… 뭐, 하지만 너한테 처음 받는 선물인 셈이군. 고맙다."

받아주시는 거냐고 얼굴을 굳히는 트레이스를 곁눈으로 바라보며 카슈반은 여느 때처럼 상냥하게 알리시아의 머리를 쓰다듬어주었다.

변함없이 부부라기보다는 부모와 자식에 가까운 분위기인 두 사람을 바라보며 루아크가 장난을 시작했다.

"형님은 말이지. 겉모습이나 평판과는 다르게 왕자님이구나. 여자아이에게 상냥하지, 악당을 보면 가만히 못 있지, 약한 상대는 제대로 보호해주니까."

알리시아의 머리에서 손을 떼고 카슈반은 말없이 루아크를 바라보았다.

화를 낸다고 생각했을까.

루아크는 흐익 소리를 내며 장난스럽게 목을 움츠렸다.

그쪽을 향해 검은 그림자 하나가 바람을 가르는 소리를 내면서 포물선을 그리며 날았다.

"……어라? 뭐야, 이거."

뛰어난 반사 신경으로 잡아챈 물건을 확인한 루아크는 의아한 얼굴이었다. 윤기가 나는 작고 둥그런 검은색 돌이었다. 끝부분에 녹색 결정이 붙어 좋은 악센트가 되었다.

"왕자님 행세를 하는 김에."

굽히고 있던 허리를 펴고 루아크를 향해 주운 돌을 던진 카슈반은 퉁명스럽게 내뱉었다.

"너도 이번에는 크게 활약해주었으니까. 그 돌은 내가 주는 선물이다. 고맙게 생각해서 몸에 지니고 다녀라, 사신."

돌에 섞인 녹색 광물은 루아크의 눈동자 색과 비슷했다. 줄 상대에게 걸맞아야 한다는 수호석의 정의에는 들어맞았다. 하지만 루아크는 카슈반이 한 행동이 의외인지 눈을 껌벅거리기만 했다.

"어머 카슈반 님. 루아크에게 수호석을 주셨나요? 잘 됐다. 루아크에게는 급여도 뭐도 아무것도 주지 않으셨으니까."

"잠깐. 루아크에게도 주셨는데 저한텐 왜 안 주시죠?! 아무리 생각해도 아름답지만 연약한 저에게 더 필요한데요?!"

알리시아가 기뻐하는 목소리와 노라가 분개한 목소리를 들으며 루아크는 고개를 살짝 갸웃거렸다.

"재밌는 짓을 하는걸, 형님. 이 내게 수호석이 필요하다고 생각해?"

"아니. 하지만 지금은 너도 내 고용인이다. 내 것은 소중히 다루는 주의라서 말이지."

별것 아니라는 듯 건네는 말에 루아크는 눈동자가 미묘하게 흔들렸다. 받은 돌을 손바닥 위에서 휙휙 허공으로 던지며 갖고 놀던 루아크는 눈을 살짝 위로 치켜뜨고 카슈반을 바라보았다.

"형님. 실제로는 발로이 아저씨가 갖고 온 정보를 처음부터 의심했던 거 아냐?"

트레이스는 놀라서 주인을 바라보았다.

카슈반은 잠자코 루아크가 하는 말을 들었다.

"형님은 그 아저씨가 말처럼 디네로 님이 마음에 들지 않았어. 그래서 속은 척 그 사람을 처리할 기회를 손에 넣으려고 했지. 아닌가?"

질문에 카슈반은 대답하지 않았다.

루아크도 특별히 대답을 요구하지 않고 고양이처럼 눈을 가늘게 뜨며 키득키득 웃었다.

"왕자님과 폭군이 공존하나. 어려운 남자네, 당신도."

나이보다 훨씬 어른스러운 어조로 말한 루아크는 카슈반에게서 받은 수호석을 한층 더 높게 붉게 물든 하늘로 던져 올렸다.

"있잖아, 카슈반 형님. 발로이 아저씨에게 내 뒤를 캐보라고 부탁했지? 그 아저씨 원래는 그 일을 보고하려고 저택에 왔지? 훔쳐 들는 걸 알고 형님, 묘하게 당황했잖아."

붉게 물든 하늘로 빨려 들어가는 듯 보이던 돌이 다시 루아크에게 돌아왔다. 허공으로 던진 돌에 향하던 시선을 다시 카슈반에게 돌리고 사신 소년은 방긋 웃었다.

"그 결과 이 돌을 줬다면 정말 멋진걸, 형님. 알리시아가 주는 영향도 크겠지만, 나 딱 질색이야. 당신의 그런 점."

그늘 한 점 없이 환하게 웃는 얼굴이었다.

루아크의 손에서 카슈반이 준 돌이 사라졌다.

"그래도 뭐, 꽤 기쁜걸. 진심이야. 고마워."

항상 들고 다니는 침과 마찬가지로 어딘가에 돌을 집어넣은 루아크는 알리시아가 카슈반에게 준 거석을 놀리듯이 바라보았다.

"보답으로 이번엔 나도 수호석을 줄게. 알리시아에게 지지 않을 정도로 훌륭한 녀석을."

"어머, 나도 같이 찾으러 가요, 루아크! 우후후. 좀 더 멋진 걸 찾겠어요!"

"어머. 그럼 저도 주인님께 수호석을 드리겠어요! 받아주실 거죠, 카슈반 님!"

천진난만하게 경쟁을 제안하는 알리시아 옆에서 노라도 참전을 표명했다.

저택에는 첫 번째 거석을 가지고 돌아가고 싶다.

마님에게 그 말을 들은 시점에 이미 새파래진 트레이스의 얼굴에서 완전히 핏기가 가셨다.

작가 후기

　처음 뵙는 분들은 안녕하세요. 두 번째인 분들은 언제나 감사합니다. 오노가미 메이야라고 합니다.

　『사신 공주의 재혼』에 이어 『사신 공주의 재혼— 장미 정원의 시계 공작—』을 출간하게 되어 정말 기쁨이 한가득입니다. 『이게 말로만 듣던 연말 진행인 건가……!』라는 등의 뭐 그런 일도 있어서 여러 가지로 힘들었지만, 어떻게든 해치웠습니다. 속편을 바라셨던 여러분, 정말 감사합니다.

　이번에 새로 등장한 캐릭터는 전파계와 거유를 좋아하는 꼰대, 그리고 안경 집사입니다. 일부, 대체 누구를 위한 서비스로 집어넣었는지 알 수 없는 캐릭터가 섞여 있긴 합니다만, 기분 탓일 겁니다.

　서브타이틀의 주인공이기도 한 디네로는 어느 의미 남성판 알리시아입니다. 예측불허 두 사람이 메인인 장면을 쓰는 것은 쉬웠습니다만, 두 사람의 시중을 드는 사람들이 매번 고생하게 됐습니다.

　발로이의 거유 취향은 작가의 취향을 이어받은 것입니다. 루아크도 포함한 남성 5인방의 술자리는 즐거워 보이지만, 가장 먼저 술에 취해 떡이 된 트레이스가 비참한 꼴을 당하는 것은 다 예상 가능한 일이지요.

세이그람은 사실 등장 페이지 수가 조금 위험했기 때문에, 안 된다면 차라리 없애버릴 생각도 하고 있었습니다. 그렇지만 결국 살아남았죠. 그 점을 봐도 역시 뻔뻔하달까요. 카슈반의 오른팔은 딱히 세이그람이라도 상관없을 것 같았습니다만, 그러면 티르 도련님이 불쌍해지는 전개가 더욱 늘어날 것 같네요…….

주역 부부도 전작보다는 꽤나 사이가 진전된 것 같기도 하고 아닌 것 같기도 하군요. 마음의 거리가 줄어든 만큼, 특히 카슈반의 마음고생이 늘어날지도 모릅니다. 알리시아의 표현에 따르면 『배가 아픈』 감각을 여러분도 맛보셨으면 좋겠군요.

새 담당인 미카지리 씨. 이번에도 멋진 일러스트를 그려주신 키시다 메루 씨의 힘을 빌려 다음번에도 열심히 하겠습니다. 잘 부탁드립니다.

2007년 1월 오노가미 메이야

사신공주의 재혼 2

초판 1쇄 발행 2018년 9월 15일

저자 오노가미 메이야

발행인 원종우
발행처 이미지프레임

주소 (13814) 경기 과천시 뒷골1로 6, 3층
영업부 02-3667-2653 **편집부** 02-3667-2654 **팩스** 02-3667-2655
메일 alicenovel@imageframe.kr   **웹** alicenovel.com

ISBN 979-11-6085-289-9 02830 (2권)   979-11-6085-287-5-02830 (세트)

SHINIGAMIHIME NO SAIKON Vol.2 BARAEN NO TOKEI KOSHAKU